odoss

URNEE

（この戦闘の前、この）剣は折れてしまったものだったのだが、戦闘士が折れた剣を、武器として振るうにおよんで……剣の魔の力がそれを動かし、戦闘士が持つこの剣の力によって……

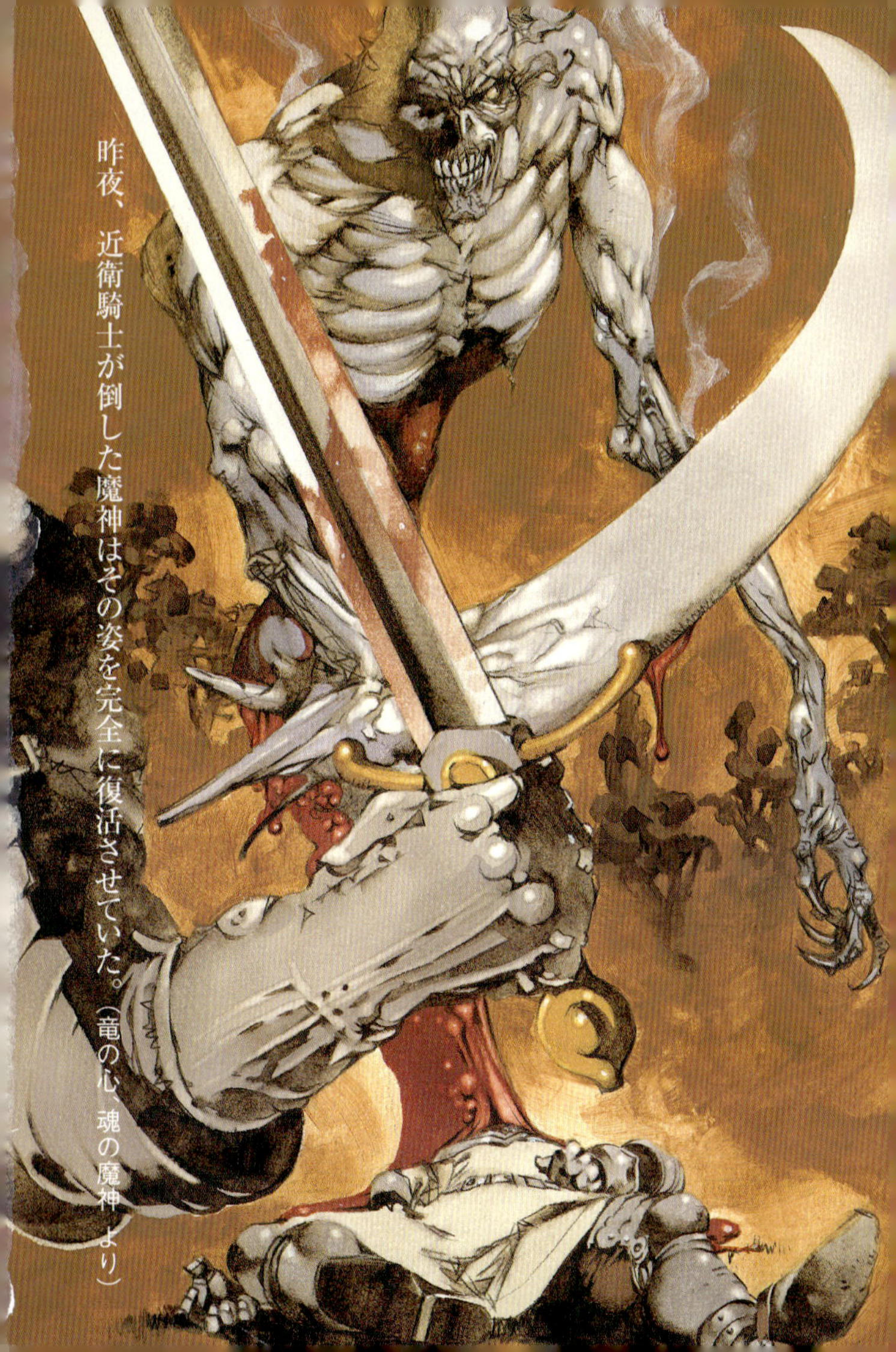

# ロードス島伝説

永遠の帰還者

水野 良

角川文庫 11330

# 目次

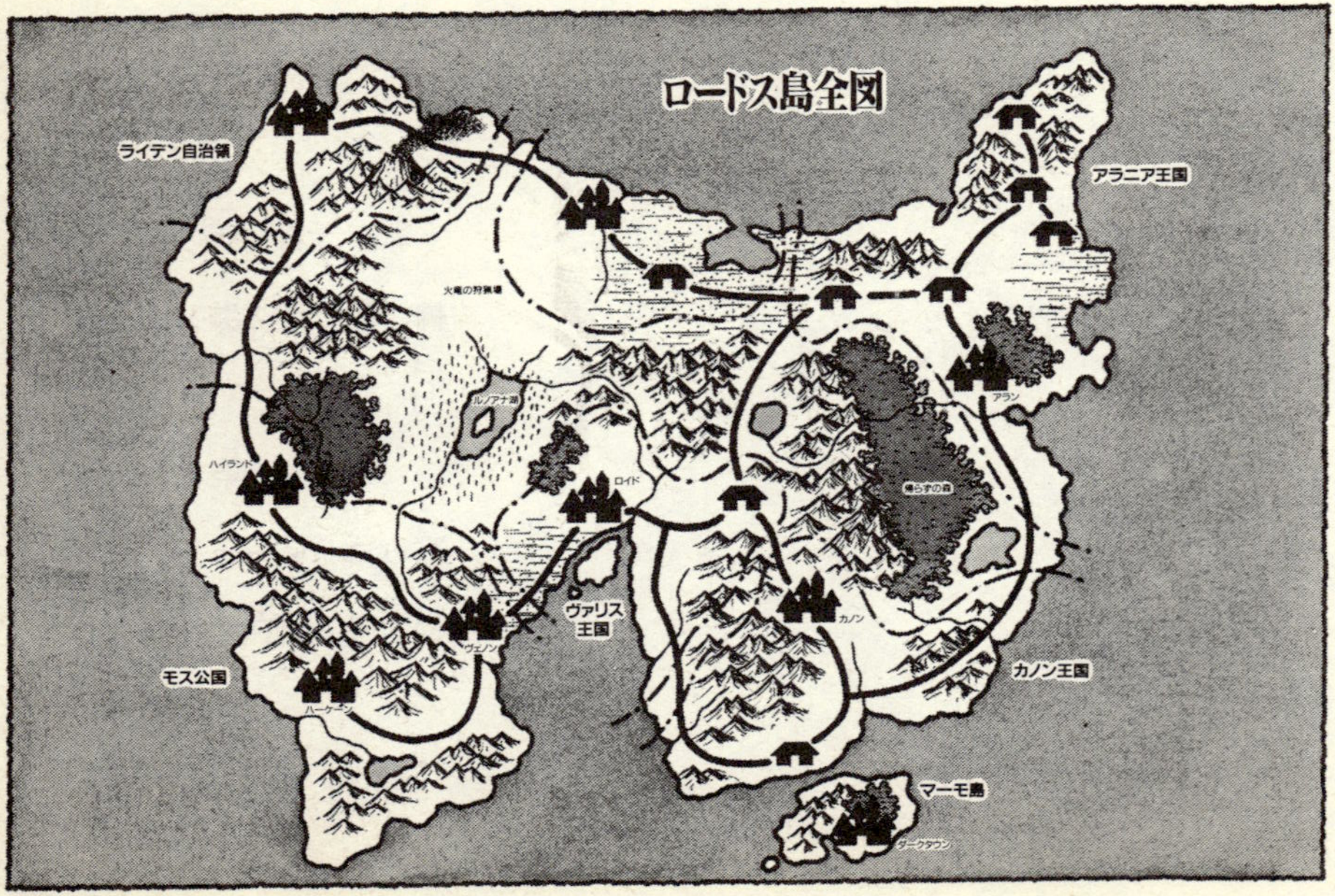
ロードス島全図
ライテン自治領
アラニア王国
火竜の狩猟場
ルノアナ湖
アラン
ハイランド
ロイド
帰らずの森
ヴァリス
王国
ヴェノン
カノン
モス公国
ハーケーン
カノン王国
マーモ島
ダークタウン

モス公国
至ライデン
鏡の森
ハイランド
レントン
至ヴァリス
ヴェノン
リュッセン
マスケト
ハーケーン
スカード
石の王国

口絵・本文イラスト　山田章博

# ロードス島伝説　序　章

# 太陽の王子、月の姫

# 1

四頭の白馬に引かれた壮麗《そうれい》な馬車が、城門を通り、スカード王国の王城〝グレイン・ホールド〟の中庭へと進んでくる。

馬車の前後は、四騎ずつ合計八騎の騎士により守られている。騎士たちは儀礼用の甲冑《かっちゅう》を身に着け、形も大きさも同じ、そろいの剣と楯《たて》を帯びていた。淡い緑色をした甲冑の胸には、炎と竜を意匠《いしょう》化した二分割紋章が描《えが》かれている。

モス公国の人間であれば、その紋章が〝竜の炎《ドラゴンブレス》〟ハーケーン王国のものだと知っている。竜の紋章は〝竜の盟約〟に従っていることを表わし、炎はハーケーン王国の王家の紋章である。普段は、ハーケーン王国の紋章だけが入った鎧《よろい》を着用しているはずだ。二分割紋章を使用しているのは、この馬車の一行が〝竜の盟約〟に基づく正規の使者であることを示している。

北の隣国であり、スカード王国にとって盟主国に当たる〝竜の鱗《ドラゴンスケイル》〟ヴェノンから急使が到着したのは二日前のこと。急使は、ハーケーン王国の使節団がスカード王国へ向かっていると伝えた。

本来ならば、ハーケーンから先触れの使者があり、訪問国の意向を確かめてから、正規の使者が派遣されるはずである。先触れの使者を務めたのがヴェノンの騎士であり、スカードの返答を待たずに使節団を派遣するというのは、まったく前例のない出来事だった。

危急の事態でも発生したのか、とスカードの騎士たちは色めきたったが、竜の盟約にさえ加盟していない小国のスカードであれば、そのようなときに使者が差し向けられるはずもない。

ハーケーンにとっては、スカードなど「自治性の強いヴェノン領」程度の認識しかなかろう。

来訪の目的は分からないものの、大国ハーケーンの使者に対し、非礼を働くわけにはいかない。スカードの宮廷は歓迎の準備に追われ、この二日間というもの多忙を極めた。

馬車は中庭の中央まで進み、止まった。

護衛の騎士たちも馬から降り、王城の建物の入口に立つ三人の人間に、恭《うやうや》しく一礼をした。

三人とも、頭に冠《かんむり》を着けている。

スカード国王ブルークと王子ナシェル、そして王女のリィーナであった。

ブルークは、齢《よわい》四十を数える。長身で無駄な肉は一片もない。賢者《けんじゃ》のような雰囲気をまとっているが、武人として彼に勝る者は、モス広しといえども数えるほどしかいないだろう。

王子ナシェルは顔などにまだ幼さを残しているものの、身長ではすでに父を超えている。赤みがかった金髪は長く伸び、邪魔にならぬよう金属製の環《わ》でまとめている。そのせいか、どこかしら女性的な印象を受ける。

リィーナ王女は兄とは異なり、黒髪と黒い瞳《ひとみ》の持ち主だった。白い肌にその髪と瞳がひときわ冴《さ》え、まるで人形のような愛らしさをたたえていた。その瞳はいっぱいに見開かれ、興味深そうに馬車の一行を見つめている。

ハーケーンの騎士たちは馬車の扉を開け、スカードの王家の者に対したときより一段と深く頭を下げた。

ひとりの侍女に伴われ、馬車から高貴な身分と思われる女性が降り立った。薄紅色《うすべにいろ》のドレスに身を包み、その額《ひたい》には略式の小冠《ティアラ》を着けている。

「エランタ王女だ」

父王が左隣に控えている兄に声をかける。

「第三王女……でしたね」

兄が答えた。

「ハーケーンの王女様が、どうしてこの国へ？」

素朴な疑問を覚えて、リィーナは兄の袖《そで》を引いた。

「分からないよ」

ナシェルの答は、そっけなかった。

「兄様、ひどい」

リィーナは頰《ほお》を膨《ふく》らませ、恨《うら》めしげに兄王子を見上げる。

スカードは、大国の姫が訪れて実りある国ではない。政治には疎《うと》いリィーナであっても、それぐらいは分かる。

この国の名産といえば、大地の妖精《ようせい》ドワーフ族との交易品である上質の麦酒《エール》と、ドワーフ族からもたらされる武器、鎧《よろい》、工芸品などである。

ドワーフ族との交易を独占できるがゆえに、スカードは小国ではあるものの、その経済状態は豊かだ。盟主国であるヴェノンから、何かと理由をつけて金品の供出を求められるが、それに応じてもなお、国庫には豊富な財宝が蓄《たくわ》えられている。

だが、それが目当てということはあるまい。

護衛の騎士たちにエスコートされ、エランタ王女が進みでてきた。

「使節の来訪は聞いておりましたが、まさか姫君がお越しとは……」

父王が迎えて、王女の手を取ろうとした。

「スカードとの友好のためです」

エランタは笑顔で答えたが、父王の手を取ろうとしなかった。

その視線がリィーナの隣に立つ兄ナシェルに向けられる。

「こちらがお噂《うわさ》の……」

「王子のナシェルにございます」

父王が誇らしげにナシェルを紹介した。そして、兄にかるく目配せする。

心得たように、ナシェルはエランタ王女の前に歩み寄る。そして、王女の右手を取り、かるく口づけをした。

エランタの頬が、薔薇《ばら》の花がほころぶように紅潮《こうちょう》する。

「お疲れでございましょう。歓迎の宴《うたげ》まで、部屋のほうでお休みください」

ナシェルは王女の手を取って、城のなかへエスコートしようとした。

「疲れてなどおりません。それより、滅多にない機会です。宴まで、お城のなかを案内していただきたいわ」

反対に、王女はナシェルの手を握って、まったく別の方向に歩こうとした。

あまりの強引さに、ナシェルは戸惑《とまど》いの表情を浮かべる。

「案内なら、わたくしが！」

兄の困惑を見たリィーナは、思わず声をあげていた。

その声に、エランタ王女は、ゆっくりとリィーナを振り返る。

「御厚意は嬉《うれ》しいけれど、ナシェル王子に御案内いただきたいと思います」

言葉遣いこそ丁寧だが、その視線は冷たかった。まるで粗相《そそう》をした侍女を咎《とが》めているような目つきである。

見下《みくだ》された、とリィーナは思った。激しい羞恥《しゅうち》に、顔が真《ま》っ赤《か》になる。

エランタの笑い声が軽やかに響く。

王女はナシェルを引っ張るように、裏庭の薬草園の方へと歩きはじめた。

ハーケーンの騎士が続こうとするが、エランタは激しく手を振って、彼らを下がらせた。

「ナシェル王子は、公国中に聞こえた剣の使い手。護衛など、無用です！」

騎士たちは互いに顔を見合わせる。どうしたものか、と目で合図をしている。

結局、騎士たちは無言で引き下がった。

引《ひ》き攣《つ》ったような表情が、彼らの内心を現わしていた。王女の言葉は、剣を持つ者にとって、これ以上ない侮辱である。

エランタとナシェルは腕をからませながら去ってゆく。

リィーナにできることは、二人の後ろ姿を見送ることだけだった。

その瞳《ひとみ》の奥には、リィーナ自身も気づかぬ感情が、炎となって燃えあがっていた。


ロードスという名の島がある。

アレクラスト大陸の南に浮かぶ辺境の島だ。

大陸の住人のなかには呪《のろ》われた島と呼ぶ者もいる。激しい戦乱がうちつづき、人間《ひと》を寄せつけぬ魔境が、各地に存在するがゆえ。

ロードス島の南西部は、急峻《きゅうしゅん》が連なる山岳地帯である。だが、ここにも人の営《いとな》みはあり、国も栄えている。

王国の名前は、モスという。

だが、国王は存在しない。魔法文明で栄えた古代王国カストゥールの滅亡後、この地方には幾つもの小国が群立した。守るに易《やす》く攻めるに難しい土地がらのため、統一された王国が誕生しなかったのだ。

だが、近隣の地方では統一が進み、強大な王国が誕生してゆく。やがて、その軍事力はこの山岳地帯にも向くようになり、防衛のためにこの地の小国は同盟を結ばねばならなかった。

かくして調印されたのが〝竜の盟約〟である。

古来より、この山岳地帯には、最強の幻獣にして魔獣である竜が多数生息している。諸国をその肉体になぞらえることで、ひとつの国モスとして結束しようとしたのだ。

盟約に調印したモス諸国には竜の名が冠《かん》せられ、隣国からの侵略に対しては団結して、戦うことを誓いあった。

この誓いは守られ、モスは外敵からの侵略をはねのけてきた。

その一方で、この地方では内戦が絶えたことはない。自国の勢力を伸張させるため、飽《あ》くことのない闘争に明け暮れたからだ。ある王国の勢力が拡大しすぎると、自浄作用が働くように、他の国々が結束する。

それゆえ、小国の群立する状況は、現在に至っても変わっていない。

やがて、それぞれの国の支配者は王を名乗るようになり、諸国を統合するモス王国という名がそぐわなくなった。そこで、モス公国という呼び名にとってかわられた。

本来、公国は王国に比べ、小さな国に対する呼称である。それをあえて逆に使うあたりに、モスという連合国家の実体の弱さと、諸国の独立性の強さがうかがいしれる。

だが、他国からの侵略があれば〝竜の盟約〟は必ず発動される。たとえ、昨日まで剣を交《まじ》えていようと、盟約が発動されれば楯《たて》を並べるようになるのだ。

他国から見れば、奇妙というしかない結束である。

それが、モスという地方なのだ。

そんなモス公国の南の端《はし》に、スカードという小国がある。

人口は一万あまり。王国を守護すべき騎士の数は百人にも満たない。竜の盟約にも加盟しておらず、北隣の大国〝竜の鱗〟ヴェノンを盟主国と仰《あお》ぎ、その保護下にある。

現王の名は、ブルーク。

ブルークには二人の子がいた。正妃とのあいだに生まれた兄王子ナシェルと、妾妃《しょうひ》が産んだ妹のリィーナ王女である。

金髪の兄と黒髪の妹、姿こそ似ていないが、その兄妹の美しさはスカードの民の誇りでもある。

スカードの民は二人を〝太陽の王子、月の姫〟と呼んで讃《たた》えた。その賛辞は宮廷にも伝わり、騎士たちも使うようになっている。

太陽の王子ナシェルは十五歳、月の姫リィーナは十三歳。

無邪気でいられた子供の時代から、決別しなければならない年齢であった。

〝竜の炎〟ハーケーン王国の使者を歓迎する宴《うたげ》は、夕刻から始められた。

贅《ぜい》を尽《つ》くした食事が並べられ、ドワーフ族に輸出するため国内での飲料が禁じられている特上の麦酒《エール》の樽《たる》が運びこまれた。

楽曲が入り、道化が無言劇や奇術を披露する。

騎士や婦人たちは飲食に興じ、談笑をし、そして踊った。恋を語らうため、宴からそっと抜けだす男女も現われはじめる。

華やいだ空気が、宴の間には満ちていた。

だが、リィーナにはそんな宴の間の空気が息苦しく感じられていた。葡萄酒《ぶどうしゅ》の入ったグラスを片手に、石の壁に背を預けている。

冷たい感触が、純白のドレスを通して伝わってくる。

彼女の視線は、一組の男女にずっと向けられたままだった。

広間の中央で踊る主賓エランタ王女と兄ナシェルである。

エランタは、心の底から楽しんでいるように見える。ナシェルも微笑《ほほえ》みをたやさず、王女の要求に礼儀正しく応じている。

エランタが兄を専用の給仕のごとく使うのを見て、リィーナは内心では激しい憤《いきどお》りを感じていた。だが、それを表情に出すわけにはいかない。

王女に無礼な態度を取ることはハーケーン王国を侮辱することになり、最悪の場合、戦《いくさ》の口実にされるかもしれないのだ。そのときには、ヴェノン王国が受けて立つわけだが、落度がスカードにあったとなれば、莫大《ばくだい》な戦費を要求されるのは目に見えている。

悔《くや》しいが、我慢するしかない。

兄も同じ気持ちだと思う。だが、ナシェルの表情を見るかぎり、そんな気持ちはうかがいしれない。むしろ、大国の姫君の相手を務めることが嬉しいといったふうにも見える。

エランタ王女は十四歳、ナシェルよりひとつ年下である。

大国の姫らしく気品に満ち、容姿も美しい。年齢の割には胸も腰も豊かだ。彼女に憧《あこが》れる男たちは、ハーケーン国内にはいくらでもいるだろう。

もしかしたら、兄の態度は偽《いつわ》りではなく、本当に王女に心奪われたのかもしれない。

曲が三度変わったが、ナシェルとエランタは踊りつづけている。

王女の踊りはお世辞《せじ》にもうまいとは言えないが、ナシェルの巧《たく》みな誘導で華やいで見えた。

「いつになったら、兄様と踊れるのかしら……」

退屈そうに、リィーナはため息をつく。

そのとき、

「リィーナ王女、よろしければ一曲、わたくしめのお相手を」

ハーケーンの騎士がひとり近づいてきて、リィーナを踊りに誘った。

騎士の顔を、リィーナはじっと見た。

年齢は二十歳前後、この若さで王女の護衛に抜擢《ばってき》されているのだから、騎士のなかでも名門の生まれなのだろう。

すらりとした体格で、物腰も柔らかい。薄く髭《ひげ》を蓄《たくわ》え、自信に満ちた微笑を浮かべている。女性の扱いには、いかにも慣れていそうだ。その誠実そうな表情の向こうで、何を考えているのかは容易に想像できる。

スカードの騎士団長サイラスが、似たような人物だった。その騎士団長は、宴が始まっていくらもたたないうちに、広間から退出していた。彼の後を追うように、ひとりの伯爵夫人が姿を消している。

「遠慮いたします」

リィーナは、そっぽを向いた。

予想もしなかった反応に、自信に満ちていた騎士の微笑が凍《こお》りつく。

近くにいたスカードの騎士たちが失笑した。

屈辱に震えながら、ハーケーンの騎士は踵《きびす》を返した。

「我が姫君は、最初に必ずナシェル王子と踊られる。王子と踊られぬうちは、他の男の相手は絶対になさらないのだよ」

なみなみと麦酒《エール》が注がれたジョッキを片手に、ひとりのスカード騎士が歩み寄ってゆき、ハーケーン騎士に手渡した。

「ナシェル殿下も大変な妹君をもたれたものだな」

皮肉っぽく、ハーケーン騎士は応じる。

「まあ、そう言うな。リィーナ姫にとって、ナシェル様が兄君であられたのが最大の悲劇なのだ。王子に勝る人物は、そうそういるものではない。貴国の姫君も、はや夢中でおられるだろう」

ハーケーン騎士は面白くなさそうに、鼻を鳴らした。

「小国の王子に生まれては、いかに器量が優れていても、埋没するだけだろうに」

「そのとおりだ」

スカード騎士は答えた。彼の言葉は真実だから、別に侮辱されたとも感じない。

「だが、スカードは平和な王国だ。その平和を王子が支え、王子もその平和に安住できる。血なまぐさい闘争と無縁でいられることを、王子のために、わたしは心からお喜びもうしあげているのだよ。もっとも、大国の騎士である貴卿には、その価値は分かるまいがな」

薄気味悪そうな表情を浮かべて、ハーケーンの騎士は食事が並べられたテーブルの方へと去っていった。

そのとき、曲が終わった。

踊り疲れた男女が飲みものを求めて広間の中央から離れ、踊りの列に新たに加わろうとする者たちと入れ替わってゆく。

エランタ王女とナシェル王子も、リィーナのいる方向へ歩いてくる。

エランタ王女は全身に汗をかいており、荒い息をしている。だが、ナシェルのほうは、まったく普段のままだ。剣術をはじめ馬術や水練などで、兄は身体《からだ》を鍛《きた》えているから、何曲踊ろうと平気なはずだ。

ようやく、兄と踊ることができる。

ドレスの裾《すそ》をつまみながら、リィーナは兄のもとへ急ぎ足で向かった。

「踊ってくださいませ、兄様」

そして、勢いこんで言う。

ナシェルの右手は、エランタの背中にまわされている。空《あ》いているほうの左手を、リィーナは強引に取ろうとした。すると、

「ナシェル様は、お疲れですわ。お相手なら、他をお捜しくださいませ」

エランタがたしなめるように言った。

(兄様は疲れてなんかいないわ)

心のなかで抗議の叫びをあげるが、もちろん、声に出せるはずもない。訴《うった》えるように、リィーナはナシェルを見つめた。

「姫君の言うとおりに」

ナシェルは小声で言った。そして、目配《めくば》せで、何事かを伝えようとする。

その意味が分からず、リィーナは立ち竦《すく》んだまま目をしばたたかせた。

「父上が怒っておいでだよ」

あわてて、リィーナの耳元に口を寄せ、ナシェルは言った。

リィーナは父王の方を振り返った。

父ブルークも、リィーナを見つめていた。その表情が厳しい。

(また、あの表情……)

リィーナは、深い哀《かな》しみを覚えた。

不出来な麦酒《エール》を飲んだときに見せる表情であった。リィーナを叱《しか》るとき、父はいつもそんな表情になる。兄ナシェルに対しては、一度も見せたことはない。

「踊りのお相手なら、我が騎士団の者に務めさせますわ」

エランタの勝ち誇ったような笑いが、リィーナを打ちのめした。兄を独占できるのが楽しくてしかたないという笑いだった。

(ナシェル王子は、わたしのものよ)

そう言っているように、リィーナには思えた。

怒りと恥辱とで、顔の色が赤を通りこして青くなる。

「リィーナ姫……」

その顔色を見たスカードの騎士のひとりが、心配そうに寄ってきた。

「気分が優れないの。退席します」

これ以上、宴の間にいれば、窒息してしまうと思えた。

走り去るように、広間の入口まで行く。振り向けば、兄ナシェルは、エランタ王女と談笑しており、リィーナのことなどもはや気にも留めていない様子だった。そして、父はあからさまに安堵《あんど》の表情を浮かべ、ハーケーンの騎士と何やら話しこんでいる。

(誰も、わたしなんて必要としていない)

絶望にも似た思いであった。

小走りに廊下を進み、中庭へと出る。

月明かりに照らしだされ、戸外は思ったよりも明るかった。

リィーナは、馬小屋を目指した。

誰も必要としていないなら、この城にいてもしかたない。

そんな思いが、リィーナの心を支配していた。

馬小屋に着くと、一頭の馬の馬房《ばぼう》の前に立つ。兄が、もっとも気に入っている栗毛《くりげ》の馬だ。

鞍《くら》を置き、その背に跨《また》がる。

そのまま、馬小屋から出た。王城の中庭から、裏門を目指して馬首を巡《めぐ》らせる。

馬の腹を蹴《け》り、鞭《むち》まで入れた。

疾風《しっぷう》のごとく、馬は走りはじめる。

どこからか、狼《おおかみ》の遠吠《とおぼ》えが聞こえてきた。


宴の間に城門の門番を務める衛兵が駆けこんできたのは、それから数刻の後だ。

門番は、あわただしくブルーク王の許《もと》へ走り、何事かを耳打ちした。

それを聞いたとき、ブルークの眉《まゆ》はぴくりと引き攣《つ》り、何かを言いたげに口も動いた。

「いかがいたしましょう?」

衛兵がたずねた。

ブルークは宴の間の様子を見回して、憂鬱《ゆううつ》そうに首を横に振る。

「放っておけ」

言い捨てるように、ブルークは衛兵から背を向けた。

「あれの母親も、身勝手な女であった」

2

夜の森は、安らかな静寂に満ちていた。

天頂で輝く満月の明かりは木々の梢《こずえ》で遮《さえぎ》られ、地面まで届くのはほんのわずか。注意深く馬を進めないと、木の根につまずいてしまいそうだ。

昂《たか》ぶった感情から冷《さ》めると、孤独と空虚感とが心を満たした。

愚《おろ》かなことをした、と思う。

だが、エランタ王女の見下《みくだ》したような態度には我慢ならなかったのだ。兄を奪い、独占しようとする。そんな王女に兄は媚《こ》びるような笑顔を見せるだけ。

そのとき、夜風が吹き抜けた。風に流された黒髪が、そっと頰を撫《な》でる。

手綱《たづな》から片手を放し、その髪を手に取った。

「なぜ、わたしは兄様と違うのだろう。兄様の髪は、まるで黄金《こがね》のように光り輝いているのに。わたしの髪ときたら、まるで鴉《からす》の羽根のよう。兄様の瞳は澄んだ泉の水の色なのに、わたしのは井戸の底で澱《よど》む水の色」

リィーナは、自分を産んだ母親が嫌いだった。

身分も卑《いや》しく、ナシェルの母である正妃に対し、いつも嫉妬《しっと》の炎を燃やしていた。だが、王妃は母に対しても寛容で、リィーナのことも実の子供のように愛してくれた。

王妃が亡くなったとき、母が毒を盛ったという噂さえ流れた。

薬草師のタトゥスが、その噂を否定しなかったら、母は罰せられていたかもしれない。だが、そのほうがむしろよかった。

その後の母の振る舞いようは、娘の目から見ても耐えられなかった。

高価な品物を買い求め、生まれの卑しさを隠すように身を飾りたてた。王妃つきだった侍女

たちを徹底的に苛《いじ》め、そのうちの一人は王城の窓から身投げさえした。

その母が流行《はや》り病《やまい》で亡くなったとき、リィーナは哀しいどころか、ほっとしたものだ。

それほど母が嫌いだった。そして、母親から受け継いだ自分の髪も瞳も、すべてが嫌いだった。

太陽の王子と月の姫、騎士たちがそう呼んでいるのをリィーナは知っている。

父ブルークは、その呼び名を気に入っているらしいが、騎士たちは兄ナシェルと比較して自分のことを蔑《さげす》んでいるのだ。身分の卑しい母が産んだ不肖の娘だ、と思っているのだ。

月は、夜にならなければ輝かない。

太陽の光のもとでは、月の光など飲みこまれ、存在しないも同様なのだ。

どうせなら、父も違えばよかったのに。

そうも思う。

そうすれば、兄と一緒になることもできたのだ。

父王ブルークは〝竜の鱗〟ヴェノン王国の王子と自分との婚姻を望んでいる。スカードの盟主国であるヴェノンとの結びつきを深めるために、だ。

これまで、兄はいつもそばにいた。

だが、そんな日は二度とこないと思われた。

兄の許《もと》には、やがて大国の姫君が嫁《とつ》いでくるだろう。それは、エランタ王女かもしれない。

「兄様……」

涙が、こぼれた。

もっとも大切なものが、涙と一緒に心のなかから流れ落ちた気がした。

そのときだった。

狼の遠吠えが、響いた。

そう遠くない場所である。

獣《けもの》の咆哮《ほうこう》に驚き、リィーナを乗せた馬が激しく暴《あば》れだした。

リィーナは手綱を操《あやつ》り、何とか馬を鎮めようとする。

だが、できなかった。

馬が前脚を高くあげた拍子に、リィーナは馬から投げだされた。地面に転《ころ》げ落ち、木の幹で強《したた》かに背中を打った。

ドレスの布地が、裂ける音がした。

息の詰まるような痛みに、リィーナは喘《あえ》いだ。

いななきながら、馬は街道の方へ走り去る。

痛みは次第に治まってきたが、動く気力は完全になくなっていた。

誰も、そばにいない。

このまま、死んでしまうかもしれない。そうも思えた。

「わたしがいなくなっても、誰も哀しむ者なんていないのだわ……」

リィーナは哀しみにうちひしがれつつ、夜空を見上げた。

厚い雲の陰《かげ》になり、月もいつのまにか、その姿を消していた。


夜は更《ふ》けたが、宴は続いていた。

だが、ブルーク王はすでに退席しており、上級騎士たちの多くも館《やかた》への帰路についている。

宴の間に残っているのは、比較的、若い騎士と婦人たちである。今宵《こよい》一夜だけの恋を探そうとしているのかもしれない。

ナシェルとエランタ王女も、まだその姿があった。もっとも、今はベランダに出て、酒と踊りで火照《ほて》った体を涼ませている。

お休みになられてはいかがかと、ナシェルは何度か勧めたのだが、王女はまったく言うことを聞かなかった。

(我《わ》が儘《まま》な御方だ)

ナシェルは、うんざりしていた。

だが、彼女は大切な国賓《こくひん》であり、いささかも無礼があってはならない。

父王からも、そう念を押されている。

エランタ王女の来訪の目的が、どうやら自分だということに、ナシェルは気づいていた。

王女は親書などを携《たずさ》えてはいなかったし、父と会談する気もないようだった。王女はおそらく、ヴェノン王国への使者だったのだ。そして、ハーケーンへの帰路、マスケトの街から南に下り、このスカードへ立ち寄った。

自分に会うため、だ。何かの噂を聞いて、興味を覚えたのだろう。

護衛の騎士たちにとっては、迷惑きわまりない話である。もっとも、彼らにしてみれば、スカード産の麦酒《エール》が飲めるというのは、魅力的な誘いだっただろうが。

いずれにせよ、そう長い間、寄り道をしているわけにもゆくまい。二、三日もすれば、エランタたちはハーケーンへの帰路につくだろう。

それまでは、この王女の相手を務めるしかない。それが一日でも早いことを、ナシェルは心のなかで願っていた。

そのとき、夜風が吹いた。

「身体《からだ》が冷えます。中へ入りましょう」

「そうですわね」

王女は、うっとりとした顔で答えた。

「素敵な一日でしたわ。ナシェル王子は噂どおりの、いえ噂以上の御方でしたもの。許されるなら、このままスカードに嫁ぎたいくらい……」

「恐縮です」

ナシェルがそう答えたとき、王女がいっぱいに背伸びして、ナシェルの耳元に口を寄せてきた。

「わたしのお部屋へ参りませんこと?」

恥じらいをこめて、エランタは言った。

何を言うのか、とナシェルは王女の顔を見つめた。ハーケーンの王は、この王女にどんな教育をしてきたのだろう。

妹のリィーナも我が儘なのは同じだが、この大国の姫君ほどではない。

どう返事をすべきか、とナシェルは迷った。宮廷儀礼はすべて修《おさ》めてはいるが、このような申し出に対してどのように返事をするかは、教わっていない。

素直に断わろうと、ナシェルが口を開きかけたときである。

城の裏門から、一頭の馬が駆けこんでくるのが見えた。

空馬《からうま》だった。

門番がその前に立ちはだかり、気を荒くしている馬の手綱を捕まえようとしている。

「何があったんだ?」

エランタ姫を押しやって、ナシェルはベランダから身を乗り出した。王女が不満そうな声をあげるのも聞き流す。

(わたしの馬……)

ナシェルは、はっとなった。

宴の間から、リィーナの姿が消えていたことを思い出した。部屋に帰ったのだろう、と勝手に思っていたのだが、もしかすると……

「エランタ姫、御無礼をいたします！」

ナシェルはベランダの階段を駆け降りる。

悪い予感がした。

その予感が当たらぬことを、ナシェルは心の底から願った。

緑色の光がふたつ、揺れながら近づいてくる。

木の幹に背中を預けたまま、リィーナは魅入《みい》られたように、その光を見つめていた。

闇《やみ》の向こうから、影がひとつ迫ってくる。

唸《うな》り声が聞こえた。

そのとき、雲に隠れていた月が姿を現わし、森の中に銀色の光を投げかけた。

月明かりに照らされて、浮かびあがったのは狼の姿だった。

群《むれ》から追いだされた一匹狼なのだろう。空腹を抱えているようで、口から糸のように涎《よだれ》を垂らしている。

狼は、ひくく吠《ほ》えた。

ゆっくりとした足取りで、リィーナとの距離を詰めてくる。

喉《のど》が詰まったようで、声もたてられなかった。

全身ががたがた震え、冷たい汗が流れた。

恐怖のために脳が焼き切れたようで、逃げようとする気持ちさえ起こらない。

殺される、と思った。

鋭い牙《きば》で腹を嚙《か》み破られ、内臓を喰《く》いちぎられる。生きたまま喰われる感触は、どんなものだろうか。

助けを求めようと、リィーナは口を開いた。

だが、声を出すこともできなかった。

もっともそれでいいのかもしれない。叫び声をあげれば、それが合図で襲いかかってくることも考えられた。

狼は五歩のところまで近寄ったが、それ以上、距離を縮めようとはしなかった。

隙《すき》をうかがうように、同じ場所を行ったり来たりしている。

狼は賢《かしこ》い動物だ。人間が手ごわい相手であることを知っている。鋭い鉄を帯びていて、それで傷つけることを知っているのだ。

人間が獲物には向いていないことを、思い出させてやらねばならない。

リィーナは精一杯の虚勢を張って、狼を睨《にら》みつけた。

狼は半歩ほど後ろに下がり、ふたたび左右に歩きはじめる。

気が狂いそうだった。いずれ我慢しきれなくなって、声が洩《も》れてしまう。

狼はまったく去ろうとする気配は見せない。

よほど空腹なのか、その目が血走っているようにも見えた。

（もうだめ……）

睨みつける気力が、失われていった。

意識が遠くなってくる。このまま気を失えば、どんなに楽だろう。

意識がないあいだに殺されるなら、それもいいかと思う。

そう思ったのが、いけなかった。

無意識に、リィーナは悲鳴をあげていた。

いったん声が出てしまうと、もはや、とどめようがなくなった。

リィーナの悲鳴に合わせるように、狼が長く吠えた。

狼の体勢が、深く沈みこむ。

そして、跳んだ。

牙が迫ってくる。

そのときだった。

リィーナの目の前に白い影が現われ、狼とのあいだを塞《ふさ》いだ。

「逃げるんだ！」

叱咤《しった》の声が飛んだ。

「ナシェル兄様！」

その声は間違いなく兄ナシェルのものだった。

助けに来てくれたのだ。

深い安堵《あんど》感に包まれた。

それで、限界がきた。

目の前が真っ暗になり、糸が切れたように意識が途切《とぎ》れた。


「……リィーナ」

暗闇《くらやみ》の向こうから、自分の名を呼ぶ声が聞こえてきた。

誰かが、身体《からだ》を揺すっている。

意識が戻って、リィーナは憂鬱そうに目を開いた。

目の前に、兄ナシェルの端整な顔があった。

髪は乱れ、額から血を滴《したた》らせている。その滴りが、リィーナのドレスに染《し》みをつくっていた。

「兄様……」

リィーナは、兄の傷《きず》に手を伸ばしかけた。

よく見れば、兄は全身に傷を負っている。立っているのも辛《つら》いのではなかろうか。

「怪我《けが》はないか？」

そうたずねてくる兄の目に、冷たい光が宿っていた。

リィーナの手の動きが、止まった。

兄の目は、父王が向ける視線に似ているように思えた。

深い怒りと蔑《さげす》みが入り交《ま》じったような視線。

（なぜ、助けにきたの？）

そう問いかけようとしたが、かろうじてリィーナはその言葉を飲みこんだ。

エランタ王女にお愛想《あいそ》をしていればいいではないか。自分など、どうせ不要なのだから、放っておけばよかったのだ。そうすれば、狼が片をつけてくれた。

その狼はナシェルの後ろで、冷たい骸《むくろ》になっていた。

兄は短剣すら帯びていない。

素手で、狼を倒したのだ。兄の剣術師範を務める傭兵《ようへい》隊長ベルドは格闘術にも秀《ひい》でており、兄はその教授も受けている。

だが、これほどとは思いもしなかった。並の人間では、狼相手に素手で勝てるはずがない。

兄と自分が違う人間だということを思い知らされた。

どんなに近くにいても、兄との間には無限の距離があるのだ。兄が自分だけのものであった日々は、もう戻ってこない。

「怪我は、ないか？」

兄が、同じ質問を繰り返した。

「足を挫《くじ》いて、動けないわ……」

リィーナは答えた。

自分の言葉に、驚いていた。思ってもいなかった言葉だった。

兄を困らせたい、という気持ちが形になって、口をついたのだ。

そうすることで、兄が自分を振り向いてくれると思えた。いや、そうしないと、振り向いてくれないと思えたのだ。

ナシェルは無言でうなずき、後ろを向いて、腰を屈《かが》めた。

兄の首にリィーナは手を回し、その背中に身を預ける。

リィーナを背負って、兄は立ち上がった。

兄の血の臭《にお》いが鼻をついた。手にも、濡れたような感触がある。

思った以上に、怪我はひどいようだった。

だが、兄ナシェルは苦痛など感じていないかのように、しっかりした足取りで王城への道を戻りはじめる。

「兄様？」

思い迷ったあげく、リィーナは声をかけた。

謝ろう、と思った。そして、自分の足で歩けることを告げようと。

だが、兄からの返事はなかった。

（怒ってらっしゃるのだわ）

絶望にも似た哀しみが、リィーナの心を微塵《みじん》に砕いた。

（もう兄は一生、わたしを許してはくださらないだろう。優しい笑顔を向けてはくれないだろう）

それも当然だろう、と思った。

すべて自分の責任なのだ。兄は傷つき、エランタ王女は、ひどく気分を害したことだろう。

どうすれば、償《つぐな》うことができるのか。

リィーナは、自問した。

危険も顧《かえり》みることなく、兄ナシェルは自分を救ってくれた。

それに応《こた》えるには、やはり自分の命をかけるしかないだろう。

この兄のために、命を捧《ささ》げなければならないとしたら、喜んで自分はそうしよう。

リィーナは、心に誓った。

そうすれば、兄も自分を許してくれるだろう。自分のことを一生、忘れないでくれるだろう。

そして兄の心のなかで、自分は生き続けることができるのだ。

そのときこそ、兄はふたたび自分のものになる。

その日から数えて半年後、リィーナの誓《ちか》いは果たされることになる。

そして、魔神《デーモン》がロードスに解き放たれるのだ。

# 血の絆

1

ロードスという名の島がある。

アレクラスト大陸の南に浮かぶ辺境の島だ。大陸の住人のなかには、呪《のろ》われた島と呼ぶ者もいる。

人間《ひと》を寄せつけぬ魔境が各地に存在し、忌《い》むべき戦いが打ち続くゆえに。

そんなロードスの南西部は、モスと呼ばれる山岳地帯である。比較的小さな王国が群立しており、何百年ものあいだ勢力拡張のための争いがつづいてきた。しかしながら、守るに易《やす》く、攻めるに難しい土地がらゆえ、この地方を統一する王国は現在に至っても現われていない。

それゆえ、戦乱は続いている。

もっとも、ここ十年あまりは大きな戦《いくさ》は起こっていない。だが、モス地方に住むすべての人々は、この平和がかりそめのものであることを承知している。

そんなモス地方の南端に、スカードと呼ばれる王国がある。人口は、およそ一万。王国を守護する騎士の数は、見習いを含めても、百人に満たない。騎士たちのほとんどは、由緒《ゆいしょ》も謂《い》われもない農民の出で、領地に戻れば葡萄《ぶどう》や麦の栽培を自ら手掛けたりする。

そんなスカード王国の現在の王は、名をブルークといった——

「魔神の軍団だと?」

スカード王ブルークは、驚きと疑いの入り交《ま》じった目で、正面に立つ魔術師の顔を覗《のぞ》きこんだ。無造作《むぞうさ》に肩まで伸びた魔術師の髪は、手入れがよくないので、先端のほうがざんばらになっている。身に着けている白色の長衣《ローブ》も、ここ数日、着替えた気配もなく、染みや汚れが目立っている。

いかにも魔術師らしく、世間のことには無頓着《むとんちゃく》なのだ。もっとも、他国から賓客《ひんきゃく》が来るときは、ブルーク自身が驚くほど、身だしなみを整えて出仕してくる。

「さようです」

魔術師は、静かに答えた。

三十を過ぎたばかりのはずだが、見かけよりも十歳ほどは年老いているように思える。

魔術師の名前は、ウォート。

〝荒野の賢者〟の別名は、ロードス全土に鳴り響いている。昨年、ブルーク自身がルノアナ湖畔に建つ彼の居館へと足を運び、宮廷魔術師としてスカードに招き入れた。

もっとも、彼には宮廷魔術師の職務よりも、もっと大切な仕事を委《ゆだ》ねている。息子ナシェルの教育である。

民衆から太陽の王子と謳《うた》われ、慕《した》われているナシェルには、もうひとり教育係がいる。武術全般を師範する〝赤髪の傭兵《ようへい》〟ベルドである。

彼もまた、ロードス中にその名の知れた傭兵だった。彼を雇うための値段は、並の傭兵なら百人は雇えるほど。だが、ベルドの武術の力量は、それでも安いとさえ思える。彼がその気になれば、小さな国のひとつくらいなら、楽々、征服できよう。それをしないのは、国を統治するのが面倒だからだそうだ。

かくも高名な二人を教師に迎えたくなるほど、ナシェルは傑出した少年だった。

親の欲目で見ているわけではない。ブルークは、己《おのれ》の観察眼の確かさには自信を持っている。

もっとも、相手が女性でなければ、だが……

女性に対しては、その能力や人柄よりも肢体の美しさや容姿の美しさのほうに、どうしようもなく惹《ひ》かれてしまう。

ただし、ナシェルの母親となった女性、エリザに出会ったときだけは、例外だった。彼女が美しい女性でなかったわけではない。それどころか、それまでにブルークが出会ったどの女性より、彼女は美しかった。その肉体も、豊かとはいえないものの均整が取れていた。

ただ、それらの美徳がどうでもよいと思えるほど、彼女は知的であり、聡明《そうめい》だった。ブルークはそれに心、奪われた。

エリザはモスの国々のなかでは大国に属する〝竜の目《ドラゴンアイ》〟ハイランドの王女だった。竜の名称すら戴《いただ》けぬ小国の王子であったブルークとは身分違いだったが、時のハイランド王は、ブルークからの結婚の申し出を受け入れてくれた。

そんなエリザとのあいだに生まれた子供がナシェルだ。ナシェルの優秀さは、母親が彼女ならばこそだろう。

若き日、ブルークは己のことをモスの国々の盟主たる公王に相応《ふさわ》しい器《うつわ》と思い込んでいたが、ナシェルが育ってゆくのを見て、それが愚かな妄想であったと思い知らされた。

自分には、ただ小才《こさい》があるにすぎない。英雄とはほど遠い人間だ。赤髪の傭兵ベルドや目の前にいる荒野の賢者ウォートこそ、そう呼ばれるに相応しい人物だ。かくも偉大なこの二人が、ナシェルの教育係を引き受けてくれたのは、自分の目に曇りがなかったことの証《あかし》であろう。

惜《お》しむらくはナシェルが、小国がひしめくモスにあって、そのなかでも更に小さな王国の王子として生まれたことだ。こんな国に生まれてしまっては、どのような大器であれ、陽《ひ》の当たる舞台には出られぬまま、埋《う》もれ、朽《く》ちてしまうしかない。

若き日に自分が味わった悔恨を、ナシェルには味わってほしくない。そのため、ブルークは残る人生を賭《か》けるつもりでいる。

戦乱に明け暮れるモスを統一し、近隣の大国をも領土に組みこむ。最後には千年王国アラニア、暗黒の島マーモまでをも版図《はんと》に収め、このロードスに剣の時代が幕を開けてのち初めて統一王国を樹立させるのだ。

だが、そのためには強大な軍事力がいる。

そのことを愚痴《ぐち》るかのごとく訴えたとき、宮廷魔術師ウォートから返ってきたのが、先刻の言葉であった。

魔神の軍団である。

〝石の王国〟と呼ばれる南のドワーフ族が集落を営《いとな》む地下道を抜け、更に南に下った場所に五百年ほどまえに滅びた古代王国の遺跡があり、古代に召喚された異界の住人が、封印されているというのだ。

異界の住人の名は、魔神。肉体においては人間を遥《はる》かに超越し、人間にはない多種多様な特殊能力と恐るべき魔力を操《あやつ》る闇《やみ》の者どもだ。その軍団は、ロードス全土の騎士団を合わせたよりも強力だという。それが、真実ならば……

「魔神の軍団を率いれば、このロードスなど容易《たやす》く征服できるということか？」

ブルークは、素直な疑問をぶつけてみた。

「できるでしょうな」

ウォートは、無関心そうにうなずく。

「もっとも、そのような手段でロードスを統一したとしても、長く王国を維持することはできないでしょう。ただ邪悪な異界の魔物を使ったという汚名だけが歴史に残ることになる。ナシェル王子に、そのような不名誉きわまりない王座を譲《ゆず》られるつもりですか？」

「それは……」

ブルークは、返事に窮《きゅう》した。

たとえば、名誉ある王座であっても、王国が小さかったならば、いったい誰が讃《たた》えよう。反対に、血塗られた王座であれ、それが大国であれば、巨大な権力を手中にできるではないか。だが、ナシェルには英雄王として歴史に名を残してほしい。王子は、それに相応《ふさわ》しい千年にひとりの英雄なのだから。

「そもそも、魔神の軍団を従えるためには、魔神の王を封印から解き放ち、支配下におかねばなりません。他の魔神どもは、魔神王に従属しているため、解放者は全魔神を支配することになります。ただし、そのためには、いくつもの障害があります。迷宮に仕掛けられた数々の罠《わな》、迷宮を守護する魔法生物たちを突破しなければなりません。そして、生贄《いけにえ》をひとり必要とします」

「生贄か？」

「それも、ただの生贄ではいけません」

「純潔を守る乙女《おとめ》とか、か？」

ブルークが投げかけた皮肉っぽい問いかけに、ウォートは苦笑まじりにうなずいた。

「古代王国の魔術師も、暗黒神の司祭と同様、生贄には純潔の娘を多く用います。処女の娘は、生命の起源に、もっとも近い存在だからだそうですが、わたしの研究したところでは、あまり重要な要素とは思えませんね。むしろ儀式的な装飾という気がします。自然崇拝が行なわれていた暗黒時代の名残ではないかと……」

「魔法の講釈など、わたしには不要だ」

ブルークは、ウォートの話が逸《そ》れかけているのを咎《とが》め、魔神の話を続けるよう促《うなが》した。

「魔神王を解放するために用いる生贄は、解放者と血縁がなければならないのですよ。魔神王は、肉体というものを持たず、不滅の魂のみの存在なのです」

「神々と同じ、ということか……」

その言葉で、魔神王の恐ろしさが実感できた。

神々は太古の昔に、光と闇の陣営に分かれて戦い、その肉体を失い、魂だけの存在となった。神々の魂は不滅であったが、肉体が滅びたゆえに、この世界に介入する手段がなくなった。だが、行使できなくなっただけで、神々の力ははかりしれないほど巨大だ。最高位の司祭は、自らの肉体に神を降臨させることで、神の力を発動させる。そのときの力たるや、人間の想像を絶するものがある。

魔神王は、神に匹敵する力を持っているのだろう。あるいは、邪神そのものかもしれない。

「あなたの血縁者で、純潔の乙女を生贄に捧《ささ》げることができますか？」

そう問いかけるウォートの声には、からかうような響きがあった。

ウォートが指摘する条件を満たす者は、この世にひとりしかいない。ナシェルとは腹違いの妹にあたる〝月の姫〟リィーナである。ナシェルよりふたつ年少で、今年で十四歳になる少女だ。

昨年、初潮を迎え、ようやく女性らしい身体《からだ》つきになってきたとはいえ、精神はまだまだ子供で、その我《わ》が儘《まま》ぶりにはときどきうんざりさせられる。

母親に似たのだろう。

妾妃《しょうひ》であったリィーナの母の名は、ナターシャ。元は旅芸人の踊り子で、自由奔放な性格の持ち主だった。漆黒の髪と瞳《ひとみ》、そして豊満で柔軟な肉体の持ち主で、寝床で男を喜ばせる技のすべてを知っていた。

それだけに、ナターシャは淫蕩《いんとう》な性格だった。もっとも、その点も気に入って、ブルークは彼女を妾妃に迎えたのだが……

正妃であるエリザが存命のあいだ、ナターシャは比較的、おとなしかった。ナターシャはエリザを憎んでいたのだろうが、同時に畏《おそ》れてもいたようだ。

その後、エリザが病《やまい》で亡くなると、ナターシャの悪癖が現われはじめた。あたかも女帝のごとく振る舞い、人々の憎しみを買ったのである。正妃つきだった侍女を自殺に追いやり、高価な宝石、服飾を飽《あ》くことなく買い求めた。そして、ついに越えてはならぬ一線を越えた。使用人のひとりと、情を通じたのである。

ここに至って、ブルークは決意した。

彼女が軽い病を得たとき、宮廷つきの薬草師タトゥスに命じて、毒薬を調合させたのだ。事情を知らぬ者には、病が悪化して死んだように見えたはずだ。

もっとも、本人だけは毒を盛られたことに気づいていたようだ。

彼女の最期の言葉は、ブルークの耳に焼きついて今も離れない。

「お恨《うら》みいたします。スカード王国と王家に、呪いが降りかからんことを……」

王女リィーナは髪や瞳の色を、母親から受け継いでいる。成熟すれば、リィーナも母親のようになるのかもしれない。

王族の姫として、それはそれで大切な資質だ。いつかは政略結婚で、他国の王族なり貴族なりに嫁《とつ》いでゆくことになるのだから。結婚相手を虜《とりこ》にできるかできないかは、重要な問題である。

ただ、今はまだ、娘を嫁がせようとは考えていない。彼女がもっと精神的に成長してからでいいと思っている。それに、自ら好きな相手を見つけてくるかもしれない。その相手との結婚に、政略的な意味があれば、ブルークは喜んで認めるつもりだ。嫌がる結婚を無理強いして、娘を哀《かな》しませるつもりはない。

リィーナは誤解しているだろうが、ブルークは彼女を愛している。溺愛《できあい》しているといってもいい。ただ、国王という立場上、態度にあらわせないだけである。心の内を見透《みす》かされないために、かえって厳しくあたってしまうことが多い。

だが、この宮廷魔術師には、ブルークの心などお見通しのようだ。憤然たる思いで、ブルークは壁際に寄せられていた長椅子《ながいす》に身体《からだ》を投げだした。

「魔神王のごとき存在は、いつまでも支配しつづけることなどできません。やがては暴走し、このロードスに災厄《さいやく》をふりまくことになります」

「だろうな……」

それは、納得できた。

魔神王を解放した者が死ねば、それだけで魔神は血の束縛《そくばく》から自由になる。ならばこそ、古代王国の魔術師も、魔神王を地下深い迷宮に封印していたのだろう。

「最近の動静を見るかぎり、この地方は早晩、乱れます。また、そうでなくてはなりません。最初の目標はモスの統一、それからライデンを盟主とする自治都市群を従属させ、火竜の狩猟場、風と炎の砂漠の小部族と平らげてゆけばいいのです」

「簡単に言うものだな」

皮肉っぽく、ブルークは言い放った。

ウォートは平然とその言葉を受け止めた。そして、言った。

「簡単なことです」

そのために自分を招聘《しょうへい》したのだろう、とでも言いたげに、ウォートはブルークを見下ろした。

その通りだった。

ブルークは、苦笑いを浮かべた。

「おまかせください。ただ、あわてて事を成そうとすれば、仕損じることになります。ゆっくりと準備し、慎重に事を運んでゆかねばなりません。ナシェル王子はまだまだ若い。そのための時間はたっぷりあるのです」

「頼んだぞ、軍師殿」

ウォートの表情は、自信に満ちていた。

この宮廷魔術師の夢は、ロードスの統一王となったナシェルの傍《かたわ》らで、権力を振るうことにある。この一点で、ブルークとは利害が一致している。荒野の賢者はただの宮廷魔術師ではなく、ブルークにとって盟友ともいうべき人物だった。ならばこそ、このような謀議を交《か》わすことができる。

だが――

(時間はたっぷりあるか……)

ブルークは心のなかで、つぶやいた。

その心の声ばかりは、いかな盟友にも聞かれるわけにはいかない。

ブルークは、ウォートに下がるように命じた。

恭《うやうや》しく一礼して、ウォートは部屋を辞してゆく。

重たげな音をたてて、部屋の扉が閉じられる。

「ナシェルには確かに時間がある。だが、この儂《わし》には……」

2

宮廷魔術師のウォートが去って、しばらくすると部屋の扉を叩《たた》く音がした。

誰か、と声をかけると、

「薬草師のタトゥスでございます。薬湯をお持ちしました」

と、返事がかえってきた。

「入れ」

促《うなが》されて、四十前後の太った男が部屋に入ってきた。もっとも、たるんだ感じはなく、骨と肉とががっしり詰まっているとの印象を受ける。

タトゥスは、幼少の頃に先代の薬草師に弟子入りしてから、ずっとスカードの宮廷に仕えている。身分としては騎士ではないが、ブルークの彼に対する信頼は、上級騎士へのそれよりも遥かに厚い。

薬草師としては、おそらく、ロードスでも屈指であろう。スカードが宮廷つきの司祭を置いていないのは、生半可な司祭よりも、彼が調合する薬草のほうが効果的だからである。

魔法でこそないが、ドワーフの細工物と同様、それに準じる効能を有しているのだ。

タトゥスの右手には、銀製の酒杯が握られていた。そこから、淡く白い湯気が立ち上っている。

ブルークは手を伸ばして、タトゥスから薬湯を受け取った。そして、苦味のあるどろりとした液体を、息を止めて飲みほす。

「もっと、飲みやすいように調合できんものか？」

長椅子の腕《アーム》のところへ、空《から》になった銀杯を置くと、ブルークは窓際に配されている机のところまで歩いた。そのうえに置かれてあった水差しを手に取ると、グラスに注ぎなおそうともせず、直接、口をつけて喉《のど》の奥に水を流しこんだ。

この男が調合する薬は、わざとそうしているとしか思えないほど、ひどく不味《まず》いのだ。

「お口を開けていただけますか？」

水を飲み終えるのを待って、タトゥスがそばにやってきた。

ブルークはうなずき、手近にあった椅子に腰を下ろすと、窓に向かって大きく口を開ける。

窓から差し込む光で、喉の奥が照らされるように。

そこに、異物感を感じるようになったのは、半年ほど前のことだ。喉でも痛めたのだろう、とブルークは勝手に思っていたが、その異物感は次第に大きくなっていった。

大事はあるまい、と気軽な気持ちで、タトゥスに診《み》てもらうと、滅多なことでは動じないこの薬草師の顔色が一変した。

「この腫《は》れ物は、命にかかわるものです」

タトゥスは額《ひたい》に汗を浮かべながら、そう言った。

「治るのか？」

ブルークは、それだけを聞いた。

タトゥスは、ゆっくりと首を振った。

「強い薬を使えば、腫れが大きくなるのを防ぐことはできます。しかし、治すことはできません。神の奇跡にすがるしかないでしょう」

司祭を呼べ、とタトゥスは言外に言ったのだ。

高徳の司祭ならば、神聖魔法とも呼ばれる神の奇跡を頼み、いかなる病であれ癒《いや》すことができる。

それには答えず、

「何年、保《も》つ？」

とだけ、ブルークは問い返した。

「薬を飲みつづければ、五、六年は保ちましょう。強い薬ゆえ、それ以上は内臓のほうが保ちません」

「……薬を調合してくれ」

ブルークは、タトゥスに命じた。

司祭を呼ぼうという気には、なれなかった。自然に得た病の場合には、神聖魔法の癒しは通じないことが多い。人間の寿命だからだ。そして、もし治らなかった場合、自分の病のことが、外部に洩《も》れるかもしれない。

それだけは、避けたかった。

ナシェルが若年であることにつけこみ、北の隣国〝竜の鱗〟ヴェノンが国政に介入してくるのは必至だからだ。スカードは、唯一の隣国であるこの大国に、従属的な同盟を結ばされている。

そして、ヴェノン王国は本音では、小さいが豊かな王国であるこのスカードを併合したいと思っているはずだ。娘のリィーナを、王子の嫁にと申し出てくるのも、スカードの王位継承権が欲しいからに他《ほか》ならない。

リィーナとの結婚が成立したあとで、ナシェルを暗殺すれば、労せずしてスカードを手に入れることができる。

だが、五年もたてば、ナシェルは立派な青年となっていよう。ヴェノンごときの介入を許しはしないはずだ。ブルークにとっては、それまで寿命が保てば十分なのだ。

ただ、残念なのは、彼が王道を歩んでゆくのを、この目で見られぬことである。それだけが、唯一の心残りだった。

死病を得てから、半年が経過している。

「腫れ物の具合はどうだ？」

「薬が効《き》いているようで、大きくはなっていません。ただ、喉がかなり傷んでおります。くれぐれも、強いお酒はお飲みになられないように」

ブルークは、ふんと鼻を鳴らした。

酒は、強ければ強いほどよいと思ってきた。麦酒《エール》など、水のようなものだ。出来具合を味見するだけで十分だった。

ブルークは、北のドワーフ族が葡萄酒から精製する火酒《スピリッツ》を愛飲していた。この酒を喉に流しこむと、文字どおり喉から胃が燃えるように熱くなる。そして、心地好《よ》い酩酊感《めいていかん》に浸《ひた》ることができるのだ。

だが、その火酒は人間には強すぎたのかもしれない。喉に腫れ物ができたのは、おそらく、この強い酒を飲みすぎたせいだろう。

自ら招いた災禍である。自分の運命については、もはや覚悟している。

ただ、ナシェルのためにしてやれることが、残された時間では少なすぎることが残念だった。ウォートやベルドに、ナシェルの将来を委《ゆだ》ねることが悔《くや》しくもあり、妬《ねた》ましくもある。

英雄王の武勲詩に、自分の名前を登場させたかった。

だが、それはかなわぬ夢となりつつある。

「口惜《くちお》しいな……」

ブルークは、独り言を洩《も》らした。

「命には限りがあります。人生とは天寿をまっとうして、後悔せぬことかと……」

タトゥスが、言葉を選ぶようにして言った。

ブルークのつぶやきを、誤解したようだ。

「そう心掛けよう」

ブルークは微笑《ほほえ》んで、タトゥスに下がるよう命じた。

「先刻、ヴェノン王国から使者が参られ、国王に面会を求めておいでです。体調のほうがよろしければ、お会いしていただきたく……」

「ヴェノンの使者が？」

ブルークの表情が、たちまち曇った。

ヴェノンからの使者が、これまで良い知らせを持ってきたことはないのだ。

「また、何を要求してくるのやら」

ブルークはぼやきながら、部屋の隅のクローゼットへと移動した。ヴェノンからの使者に対し、正装して出迎えるためである。

「謁見の間へお通しせよ」

「それが……」

いつも明快なこの男にしては珍しく、タトゥスは言いよどんだ。

ブルークが先を促《うなが》して、ようやく薬草師は言葉を続けた。

「内密の用向きらしく、陛下にのみ面会したい、と御使者の方は申されています」

「内密の用向き?」

ブルークの心のなかには猛暑の日の夕刻のように、暗雲が広がった。警報が雷鳴のように心に鳴り響く。

「是非《ぜひ》もないな……」

ブルークは肩を落とし、そう答えた。

スカードの非力さが心を締めつける。無礼きわまりない申し出であれ、受諾する以外にないのだ。

「客間で待たせよ。こちらから出向く」

ブルークは、言った。

病を得ているとはいえ普段は健康そのものに見える彼の顔が、その一瞬、死人のそれのように昏《くら》く濁《にご》った。

3

「我が王女をアロンド王子の妃にと……」

使者が伝えた言葉を、ブルークは魂の抜けたような声で繰り返した。

スカードの王城に、複数ある客間のうちのひとつである。荒野の賢者ウォートを招聘《しようへい》してから、客間のひとつひとつには、魔法遮断の結界が張られている。

ウォートは魔術をただ識《し》っているだけではなく、それをいかに使うかも、よく心得ていた。賢者の学院にいるような研究家肌の魔術師とは、その点が異なっている。彼にとって魔術とは身を立てるための手段に他ならず、戦士の操る剣と変わることがなかった。

「そうだ」

尊大な態度を崩さず、ヴェノンからの使者はうなずいた。

「ヴェノン国王からの再三の申し出にも拘《かか》わらず、貴国はこの申し出を拒絶されてきた。リィーナ姫が幼少だからとの理由でな。だが、姫君も今年で十四歳、結婚するに何の不足もない年齢のはず」

「年齢は、どうであれ、あれは、まだまだ子供です。今のまま嫁がせては、王子殿下に御迷惑をかける。もうしばらく、お待ち願えませんかな」

「我が陛下は、仰《おつしや》られた。もう十分、待ったとな。このうえ、この結婚を承諾せぬのは、スカード王には他に考えあってのことだろう、と」

「いえ、そのようなことは……」

ブルークは、使者の言葉をあわてて否定した。この場合、そう答える以外ないのだ。

正規の使者ではなく、密使を寄越《よこ》してきたのは、正論を封じるための策である。外交などではなく、これは一種の脅迫だった。

「我が国王は、こうも仰《おお》せられている。スカードは、ヴェノンからの独立を画策している、と。

赤髪の傭兵ベルドや荒野の賢者ウォートを招聘したのは、その証《あかし》であろう」

「な、何を仰います」

ブルークは驚きの表情をあえて浮かべた。

「ヴェノン王国あっての、このスカードでございます。賢者を招き、傭兵を雇ったのは、この王国が将来の戦《いくさ》において、ヴェノン王国の一翼を担《にな》わんと思ってのこと。わたしはヴェノン国王こそ、このモスの公王たるに相応《ふさわ》しい御方であると……」

「見え透いたことは言わずともよい！」

ヴェノンの使者は、ぴしゃりと言った。

気圧《けお》されたわけではないが、ブルークは反射的に頭を低くした。

使者はブルークよりも十は若く、どう見ても優れた人物とは思えなかった。ただ愚鈍であるゆえに、言いくるめることはできそうにない。その瞳にはブルークに対する敵意が満ちており、ヴェノン国王から与えられた使命を果たせなければ刺し違えるぐらいの覚悟はしているようだ。

(若造が、この儂を倒せると思っているのか)

心のなかでは憎悪の炎を燃やしつつ、表面的にはあくまでも動揺しているように装《よそお》う。まるで、自分が道化になったような気がした。

いかに人間が優れていようと、小国に生まれては、目の前にいるような愚者に対しても、頭を下げなければならないのだ。

これまで嫌というほど分かっていた事実を、ブルークは今一度、心に刻《きざ》みつけた。ナシェルには、このような屈辱を味わわせない。そんな決意とともに……

「分かりました」

萎《しお》れたような態度を見せながら、ブルークは言った。言質《げんち》を取られないための答だったが、目の前の騎士はそれで満足した様子だった。

「今ひとつ、求めたいことがある」

ヴェノンの使者は、更に態度を大きくして、言った。

「何でしょうか？」

怒りが爆発しそうになるのを意志の力で抑えつつ、ブルークはたずねた。椅子の腕《アーム》にかけている指の先が、痙攣《けいれん》するように震える。

これ以上、要求したいことがあるのか、と思う。

「ドワーフ族との交易からあがる利益の八割を今後、税として納めるように」

胸を張るような姿勢を取って、使者は尊大に言った。

要求のあまりの非常識さに、ブルークは思わず、椅子から立ち上がった。

「何ですと！」

「昨年、〝竜の炎《ドラゴンブレス》〟ハーケーンと戦火を交えたは、貴国の落度であろう。あの戦で、我が王国の騎士三名が戦死したことを、忘れてはおるまいな！」

そう怒鳴るヴェノンの使者に対し、ブルークは本物の殺意を抱いた。

「忘れてなどおりません。そのために、我がスカードは莫大《ばくだい》な戦費をお支払いいたしましたからな」

昨年、ハーケーンの王女エランタが突如、スカードを訪れるという出来事があった。このとき、エランタ王女が、王子のナシェルに乱暴を働かれた、と帰国後、父王に報告したらしい。激怒したハーケーン国王は、ナシェル王子の身柄の引き渡しを要求して出兵。盟主国であるヴェノンは、受けて立ち、両国のあいだで小規模の戦が起こった。

ナシェルがエランタ王女に乱暴を働いたなど、もちろん、事実無根だ。エランタ王女がナシェルを誘惑したというのが真相で、それを断られた腹いせに嘘《うそ》の報告をしたのだ。

自分の嘘が招いた事態の大きさに怯《おび》えたエランタ王女が、ハーケーン王に真実を話し、停戦はすぐに成立した。だが、ハーケーンからは一言の謝罪の言葉もなく、盟主国ヴェノンも理由はどうあれ、ハーケーンとの関係が悪化したのは、あくまでスカードの落度と決めつけた。

そして、多額の戦費を要求してきたのだ。

そのときには、ブルークはおとなしく従った。責任の一端は、娘のリィーナにあることを知っていたからだ。だが、今度の要求ばかりは……

「この王国を経営してゆくためには、ドワーフ族との交易だけが命綱なのです。他には、いかなる産業もない小国ゆえ」

「その割には、貴国の国庫には財宝が溢《あふ》れかえっているそうだな」

どっかりと椅子に腰を落ち着けたまま、使者は腕組みしながらブルークを睨《にら》むように見上げる。

「そのような根も葉もない噂《うわさ》……」

「黙れ！」

言い訳しようとしたブルークを語気荒く制し、使者は椅子を蹴《け》るように立ち上がった。その顔に、自らの勢いに酔いしれているような表情が浮かんでいる。

「確かな筋から情報を得たのだ。なんなら、どれほど蓄えられているか、この場で言い当てようか」

言うなり、使者はスカードの国庫に蓄えられている財宝の目録を並べはじめた。

唖然《あぜん》としながら、ブルークは使者の口上を聞いた。使者の述べる財宝の数量は、ブルークが把握しているのと、ほぼ一致していた。スカードの重鎮の誰かが、ヴェノンと内通したのだろう。この小国の運命に、見切りをつけたのかもしれない。スカードを併合したあかつきには、おそらく、厚遇を約束されているに違いない。

だが、それ以上に驚くべきは、他国が豊かなのを妬《ねた》み、盗賊まがいの要求をしてくるヴェノン国王の神経である。

何を焦《あせ》っているのだろう。

何を恐れているのだろう。

疑問が次々と浮かんでは消えた。何か理由がなければ、かくも非道な要求はできないはずだった。

「この要求を拒絶した場合には、武力に訴えると心得よ」

今の言葉こそが、ヴェノンの本音かとも思う。武力を用いて、この王国を併合したいのかもしれない。そうすれば、ドワーフ族との交易も独占でき、莫大な富が手に入る。ヴェノン王は、その豊富な資金を背景に、モス地方の統一を考えているのかもしれない。

ヴェノン王が野心家であることは、ブルークが以前から承知していることだった。それを責める資格は、ブルークにはない。

ブルーク自身、同じ野望を抱いているからだ。ただし、ブルークの場合、それは己《おのれ》のための野心ではなく、息子ナシェルを思ってのことだったが……

「貴国の要求は、あまりにも重大。私の一存で決められるような問題ではありません。宮廷会議を開き、臣下と相談のうえ、返答いたしましょう」

「そのようなその場しのぎが通じると思うか！」

腰の帯剣に手をかけながら、使者はすごんだ。こめかみに青筋が浮きあがっている。

「……抜いてみるがいい」

一瞬の沈黙の後、ブルークは低く、つぶやいた。

「な、なんだと？」

「抜いてみろ、と言っておるのだ。貴公は知らぬらしいが、儂は過去にハイランド主催の剣術試合において、最後まで勝ち抜いたことがあるのだよ。ハイランドのマイセン王には及ばなかったがな」

抑揚《よくよう》のない声で、ブルークは言った。

その一言で、使者の顔色がはっきりと変わった。〝竜の目〟ハイランドの騎士たちの武勇は、モス公国のみならず、ロードス全土にその名が高い。その王国で開催された剣術試合において、決勝まで残るという芸当は、ヴェノン王国の騎士には不可能なはずだ。

ブルークがその剣術試合に出場したのは、だからこそなのである。ヴェノン王国の名誉のために、属国であるスカードから代理として出場したのだ。もっとも、あのとき剣術試合に参加していなければ、エリザと出会うこともなかったし、ナシェルという息子を得られることもなかったのだが。

初めて見せたブルークの迫力に、ヴェノンの使者はそれまでの勢いを失い、戸惑いの表情を浮かべた。何かを言おうとするのだが、口を動かすだけで、実際には一声も出ない。

「一日、二日で出せる結論ではありますまい。御使者には、一度、ヴェノンへお戻りになられますよう。十分に検討したうえ、要求された件につきご返答申し上げます」

「そ、そうか。ならば、そのように陛下には申し伝えよう」

ブルークがふたたび慇懃《いんぎん》な態度を示したので、ヴェノンの使者はやっと自分を取り戻したようで、虚勢を張るように答えた。

それから、逃げるように踵《きびす》を返すと、扉を開けて、廊下へと出る。

ブルークは使者の後に従い、建物の外まで見送った。間の抜けた顔をした使者の従者が、葦《あし》毛《げ》の馬の手綱を握り、中庭に控えていた。

「国王陛下に、よろしくお伝えください」

ブルークは使者に向かって恭《うやうや》しく頭を下げた。

従者の助けを借りて馬に跨《また》がると、ヴェノンの使者は無言で馬首を巡《めぐ》らした。そして、城門と兼用の跳ね橋に向かって、馬の歩を進める。

その姿が視界から消えるまで、ブルークは建物の入口に立っていた。見送っているのではない。使者が城から消え去るのを、確かめずにはいられなかったのだ。

その姿が消えた瞬間、ブルークは地面を思いきり強く踏みつけた。

使者にはそう言ったが、臣下の誰とも相談するつもりはなかった。この問題ばかりは自分ひとりで考え、結論を出さねばならない。

ヴェノンに対し、いつかは独立を宣言するつもりでいた。だが、それより先に、向こうから行動に出てくるとは思いもよらなかった。

ヴェノン王を甘く見すぎていたのかもしれない。胸に秘めた野心を、看破されたのだ。

現在はナシェルも若く、独立のための準備も整っていない。戦えば、間違いなく負ける。救援を求めるべき、〝竜の炎〟ハーケーンとは先年の事件で関係が悪くなっており、亡き王妃の実家にあたる〝竜の目〟ハイランドは、救援を乞《こ》うにはあまりにも遠い。〝エールの誓い〟と呼ばれるドワーフ族との同盟だけが頼りだが、彼ら大地の妖精《ようせい》が人間たちの争いにどこまで本気で介入してくれるか分かったものではない。

状況はあまりにも絶望的だった。かくも、切迫した事態を、どう切り抜ければよいのだろうか。

ブルークは眼前が暗くなってゆくのを感じながら、ともすれば、よろめきそうになる両足を叱咤《しった》しつつ、私室へと戻りはじめる。

王城グレイン・ホールドの廊下が、いつもより狭く、そして長く感じられた。

4

遠慮がちに扉を叩く音がした。

三本の蠟燭《ろうそく》に火を灯《とも》した燭台《しよくだい》のそばで、ハンカチに刺繡《ししゆう》をしていたリィーナは、いぶかしそうに顔をあげた。

穏やかな闇が、窓の外には広がっている。

夜は更《ふ》けている。

いつもなら、眠っているはずの時間だった。起きていたのは、この刺繡が終わるまで、と心に決めていたから。

リィーナは薄い夜着に着替えていて、そのうえに毛皮のガウンを羽織っている。作業に熱中していたので気にならなかったが、部屋のなかには戸外の冷気が忍びこんでおり、思い出したようにリィーナは身を震わせた。

（もしかして、兄様……）

淡い期待を一瞬、抱いたが、兄ナシェルがこんな夜更けに訪ねてくるはずがない。いや、たとえ昼間だったとしても、兄のほうから訪ねてくることはない。

武術の鍛錬と学問とで、最近の兄はほとんど一日を費やしている。妹のことなど、忘れてしまったかのように日々を過ごしている。

心のなかに穴があいたようで、それを埋めようとして、様々な手慰《てなぐさ》みを覚えた。刺繍も、そのひとつ。

侍女のひとりから習ったのだが、最近ではだいぶ巧《うま》くなり、他人に見せても恥ずかしくないだけの作品ができるようになった。

熱中しているあいだはいい。だが、ふと我に返ると、喪失感はますます大きくなる。

「誰なの？」

扉の近くまで寄って、そう問いかけた。

返事は、すぐに戻ってきた。

何か父を怒らせるようなことをしたのだろうか。胸に手を当てて考えてみるが、心当たりはない。

こんな夜更けに父が訪れたことなど、記憶にあるかぎり一度もない。

リィーナは、驚いた。

「お父様！」

「儂《わし》だ」


「起きているのなら、開けてくれないか」

父の声は、いつになく優しく聞こえた。

父のそんな声を聞くのも、初めてだった。それだけに、父はひどく怒っているのではないか
という気になった。

震える手で、扉の把手《とって》を握った。

少しだけ扉を押し開き、その隙間《すきま》から廊下に立つ父の表情を窺《うかが》った。

父王ブルークは、何かを思いつめたような顔をしていた。だが、怒りは感じられない。

少しほっとして、リィーナは扉を一杯に開けた。

父はその手に銀製の酒杯をふたつと、細長い壺《つぼ》を二本持っている。

「お入りください」

リィーナは無理に笑顔を作り、父王を部屋に誘った。ブルークは無言でうなずくと、部屋に

足を踏み入れた。

部屋の隅には小さな丸テーブルがあり、椅子が三脚、まわりを囲んでいる。ブルークはまっすぐそこへ進み、椅子のひとつに腰を下ろした。そして、テーブルのうえに、酒杯と壺を無造作に置く。

リィーナは、父と向かい合うように座った。

「いったい、どうなさったのですか？」

父の様子は、普段とまるで違っている。

いつもは厳格で、近寄りがたい雰囲気なのだ。それが今は、どことなく弱々しげに見える。その表情には深い苦悩が刻まれ、それを隠そうともしていない。他人に弱味を曝《さら》けだすなど、これまでになかったことだ。

リィーナに対して、父はいつも厳しかった。兄ナシェルを愛するほどには、愛情を注いでくれなかった。

それは当然だと思う。

ナシェルは、太陽の王子。気高く、強く、賢く、そして美しかった。兄と比べれば、月の姫たる自分は、その輝きに飲み込まれ、存在しないも同然なのだ。

「今日、ヴェノンから密使が来た……」

ブルークはゆっくりと口を開きながら、酒杯のひとつに透明な液体を注いだ。そして、もうひとつの酒杯には真紅の色をした果実酒を満たし、リィーナに手渡す。

「密使？」

リィーナは、政治のことはほとんど知らない。

普通の使者と密使はどう違うのだろう、と素朴な疑問を抱いた。

「そうだ。その密使は、おまえとヴェノンの第三王子との婚姻を迫ってきた。拒絶すれば、武力行使も辞さない……」

「いやです！」

父の言葉が終わるのも待たず、リィーナは叫び声をあげた。

「あの方は、好きになれません。わたしを見るとき、あの方は娼婦《しょうふ》を品定めするような目をされます。口を開けば、食事や財宝のことばかり。あの方にとって、わたしは夜の慰みものか、莫大な持参金をもたらすだけの女にすぎないのです。そんな方と結婚するぐらいなら、死んだほうがまし」

全身で拒絶する娘の様子を、ブルークは哀れむように見つめていた。

（死んだほうがまし……か）

ブルークは娘の顔を見つめ、その言葉がいかにも少女らしい思い込みから出ていることを理解した。それだけに、その思いは純粋で、言葉どおりの事を実行しかねない。

「……拒絶すれば、ヴェノンはこの国に攻めてくる。スカードなど、ひとたまりもないのだぞ」

「攻めてくるのなら、くればいいのだわ。この国には兄様や、ベルド隊長がいるんですもの。ヴェノンなんかに負けたりしないわ。ドワーフ族だって救援してくれます。ハイランド軍だって、きっと援軍を派遣してくれるでしょう」

必死になって言う娘の顔を見ていると、戦ってみてもよい、という気がしないでもない。だが、勝算のない戦いを挑むのは愚者のすることだ、とブルークは思っている。

いかに知恵を絞ろうと、蛮勇を奮おうと、勝てるような戦力差ではないのだ。ドワーフ族の援軍がくれば、一度ぐらいはヴェノン軍を撃退できるかもしれない。だが、スカードにとって、ヴェノン領へ向かう街道は、唯一の出入口であり、生命線ともいえる。

街道を封鎖されたら、交易が行なえるはずがない。スカードの唯一の財源が、断たれることになるのだ。収入がなくなれば、いかに豊かな蓄えとてすぐ底をつく。次にヴェノン軍が侵攻してきたとき、王国を守る力は残っていないだろう。

そんな予測を説明したところで、リィーナには理解できないだろう。だいたい、彼女がヴェノンの王子との結婚を拒絶する真の理由は、王子の人格とは別のところにある。

彼女が兄をいかに愛しているか、ブルークは知っている。その愛は、今のところ偉大な兄に対する敬愛にとどまっている。

だが、大人になってくれれば、その想いは男女のそれに変わってゆくだろう。だが、血の繋《つな》がりがあるゆえに、それは禁断の愛となる。

「ヴェノンと戦っても勝てぬよ。それは、儂がいちばんよく理解しておる。だが、おまえの望まぬ結婚を無理強いしたくはない。それに、もしも、おまえとヴェノンの王子が一緒になったら、ヴェノン王国は、儂とナシェルの暗殺を謀るだろう。儂らがいなくなれば、王位継承権は王女の婿《むこ》となるアロンド王子のものとなるからな」

ブルークの言葉で、リィーナの顔色が一瞬にして変わった。

「兄様と父様を……」

「それが政治というものだ。ヴェノンはひとりの犠牲を出すこともなく、このスカードを手に入れることになる。この国の上級騎士のなかには、すでにヴェノンと通じている者もいよう。我が国の国庫の品目を、密使は正確に知っておったよ。モスの覇者を望むヴェノン王にとって、スカードの財力は魅力であろう。残らず自らの物として、本格的な戦いをはじめるつもりなのだ」

「そんなことを……」

リィーナは言葉を失い、口を手で覆った。

哀しいことは別になかったが、涙が一筋、頰《ほお》を伝った。

「だったら、なおさら、戦うしかないではありませんか？　結婚して祝福されるならまだしも、父様と兄様を暗殺させるために一緒になるなんて、わたしには耐えられません。そんな醜い政治の道具になるくらいなら……」

「命を絶つ……か？」

ブルークは、静かに尋ねた。

「昨年、兄様に命を助けられたとき誓ったのです。兄様を助けるためなら、わたしの命なんか捨ててもいいと……」

そう言うとき、さすがに声は震えた。だが、その決意に嘘はない。

本当にそう誓ったのだ。

昨年、ハーケーン王国の王女エランタが、この国を訪問するという出来事があった。使節と名乗ってはいたが、彼女の目的は兄ナシェルに会うことだった。

エランタ王女は兄を下僕のように扱い、それを見かねたリィーナは宴《うたげ》の席を飛びだし、夜の森へ馬を走らせたのだ。そして、飢えた狼《おおかみ》に襲われそうになった。

危ないところを助けてくれたのは、兄のナシェルだ。ナシェルは素手で狼に立ち向かい、全身に傷を負いながらも、見事、狼を討ちはたした。

傷口が化膿《かのう》して、兄は三日ほど生死の境を彷徨《さまよ》った。もし、兄が命を落としていたら、父は自分を容赦しなかったろう。

なにより、リィーナ自身が生きているつもりはなかった。兄の後を追い、自ら命を絶つ気でいた。兄はそれほどの深手を負いながら、王城までの帰り道、足を痛めたと偽ったリィーナをずっと背負いつづけてくれたのだ。

　エランタ王女は気分を害したらしく、翌日にはスカードを発《た》った。そしてあろうことか、自国へ戻ってから、彼女の父ハーケーン王に、兄ナシェルが乱暴を働いたと嘘をついたのだ。ただちに、ハーケーンは騎士団を出動させ、スカードの盟主国たるヴェノンとのあいだで、小規模な戦となったのだ。

　それら一連の事件の責任が自分にある、とリィーナは心を痛めていた。

　だが、不思議なことに、いつもは厳しい父が、その件に関しては、一言も叱《しか》らなかった。兄ナシェルも、同様だった。叱られたほうが、むしろ楽だったかもしれない。そうされないのは、見捨てられたからだ、と本気で思ってきた。

　罪を償《つぐな》いたかった。

　兄が喜んでくれるなら、どんなことでもするつもりだ。反対に、兄のためにならないことは、なんであれするつもりはない。

「儂は、焦《あせ》りすぎたのかもしれん。大人になったナシェルが、このスカードという国に絶望する前に、あいつの実力に相応しい舞台を用意してやりたかった……」

　ブルークはそう言うと、片手で目を覆った。

　泣いているのか、とリィーナは驚いて、父を見つめた。

　父が、ひどく小さく見えた。

気がついたときには、リィーナは立ち上がっていて、背後から父の肩を抱いていた。

そんなことをしている自分が、不思議だった。だが、これまでただ恐《こわ》かっただけの父が、驚くほど身近に感じられた。父の温《ぬく》もりが、安らぎとともに、リィーナの腕や胸に伝わってくる。

「……覚えているか？　三年前、父親殺しの罪で捕えられた若者のことを」

リィーナは父と離れ、その隣の席に改めて腰を下ろした。

話が突然、変わったのに戸惑《とまど》いながらも、あわてて首を縦に振った。

「覚えています。あの若者の助命を、必死になって嘆願しましたもの。彼の父親はひどい乱暴者で、放っておけば、母親や妹を殺してしまったかもしれなかった。若者のいた村人たちが、全員、若者の命乞いを訴えていました。だからこそ、わたしも……」

「その通りだ。父殺しは、許されざる罪だ。だが、世の中には、殺さなければならないような父親もいる。そんなとき、実の子供が手を下したとして、世間の者は、誰も非難したりはせん。むしろ、賞賛するぐらいだ」

「お父様の裁断は、御立派でした。罪は罪として処刑を宣言し、だが、刑は行使されなかった。そして、ナシェル兄様の立太子式のおり、恩赦を出して若者を釈放された。スカードの人々は、お父様の措置に心の底から感激したはずです」

ブルークは、別に若者に同情したわけではない。そんな裁断を下したのは、民心に配慮してのことだ。人気取り、といってもいい。

その効果たるやブルークが予想した以上で、吟遊詩人たちは「若者と賢王」の詩を謳《うた》い、ナシェルの立太子祝いと称して、各地の村落からあきれるほど大量の品々が届けられた。

「スカードのために、ナシェルのために、儂も命を捨てるつもりなのだ」

ブルークは、正面からリィーナを見つめた。

その言葉を、リィーナは驚くほど素直に受け入れていた。その顔には、微笑みさえ浮かんでいる。

いつまでも幼いと思っていたが、いつのまにか娘は大人になっていた。その瞳には心のなかだけでは抑えられないような激情が奔流となって溢《あふ》れている。

恋する娘の瞳だった。

リィーナの母、ナターシャのことを、ブルークは思い出した。彼女の愛は、いつも真実の愛だった。自分のなかに迎え入れたすべての男たちを、彼女は真剣に愛したに違いない。

ブルークに対する愛も、本物だった。そのことを疑うつもりはない。妾妃として独占しようとしたことが、過ちだったのだろう。ナターシャは、立場が変わったからといって、生き方を変えられるような女性ではなかったのだ。確かに、彼女は賢明な女性ではない。だが、賢明さと狡猾《こうかつ》さは、紙一重ではないか。

「ナシェルのために……」

ブルークは、ひとりごとのようにつぶやく。それが、あたかも合言葉だったかのように、

「兄様のために……」

と、リィーナも囁《ささや》いた。

5

廊下の方から金属鎧《よろい》が鳴り響く音が、扉を通して伝わってきた。

そのとき、スカード王国宮廷魔術師ウォートは、机に座り、書物を調べていた。

机の脇《わき》には、昨日から徹夜で読み耽《ふけ》っていた古代書が崩れんばかりに積みあがっている。

朝方、短い睡眠を取り、日差しが高くなりかけた頃、ふたたび目を覚まし、昨晩の続きを読んでいた。

ブルークの王の許《もと》に、ヴェノンからの密使がやってきたという話は、スカードの宮廷中に噂となって広がっている。もちろん、ブルークはその件に関して公式な発言は一切していない。ウォートに対しても、それは同様だった。もっとも、ヴェノンがどのような要求をしてきたのかは、ウォートには予想がついている。

行動を起こす時期を、早めねばならないかもしれない。明らかに準備不足である。あまり気は進まないが、自分自身の魔力も、直接の戦力として考慮しなければならないだろう。

具体的にいえば、アラニアの王都アランの街にある魔術師たちの組織、賢者の学院が禁忌《タブー》とするような攻撃魔法を使うこと、である。

ウォート自身は賢者の学院とは関係がないので、その規則に縛られることはないが、魔法を用いて戦に勝っても、民衆や周辺諸国から良い評判は得られない。だが、今は負けないことが、大切なのだ。負ければ、そこでスカードの運命は終わる。

魔術書を読みなおし、騎士団や傭兵部隊と魔法を組み合わせた戦術を組み立てておくつもりだった。敵が密集しているところに、〈阻石召喚《メテオストライク》〉の呪文《じゆもん》を叩きこめば、それだけでひとつの軍団を壊滅させることができるのである。

ヴェノンの本格的な侵攻前に、戦術書を書き上げ、戦闘の訓練もはじめねばならない。国庫の蓄えを使いつくしても、傭兵たちを雇い入れなければならないだろう。農民からなる民兵を組織し、戦力の少なさを補《おぎな》わねばならない。

ウォートの思惑では、五年でモス地方を統合し、北の自治都市連合に向かって、侵攻をかけるつもりだった。ライデンの街を屈服させれば、大陸貿易による莫大な富と、強力な海軍を手に入れることができる。その時点で、ロードス島の統一は、なかば以上、達成したといっていい。

後は、軍事力と経済力を背景に、残る大国をひとつひとつ攻め滅ぼしてゆくだけだ。

全ロードスの制覇は十五年もあれば達成できる、と見積もっている。そのとき、ナシェルは三十余歳、男として充実しはじめる時期だ。建国皇帝ブルークの後を継いで、ロードス帝国の基盤を完成させる名君となるだろう。

思っていたより早まったが、ロードス島の未来に向けて、偉大な一歩を踏みだすときがきたのだ。胸のなかで膨れあがってゆく希望に、ウォートは息苦しささえ覚えていた。

金属が打ち鳴らす不協和音が次第に大きくなってくるのに気づいて、ウォートは書物から目を離した。

何か異変が起こったのかもしれない。

ヴェノンが圧力をかけるため、スカードとの国境に騎士団を進めたとか、有力な騎士がヴェノンに内通し、蜂起《ほうき》したというところだろう。

そのいずれが起ころうと、対処の方法は考えてあった。陣頭指揮を執ろうと思い、ウォートは机の横に立てかけてあった魔術師の杖《つえ》を手にとった。

椅子から立ち上がり、扉に向き直る。

「宮廷魔術師殿……」

若い声がした。

その声には心当たりがあった。国王の身辺を守る、他国では近衛《このえ》騎士に相当する騎士だ。

ウォートは扉に向かって、上位古代語の合言葉を唱えた。

次の瞬間、扉は音もたてずに内側に開く。

戸口に立っていたのは、思っていたとおりの人物だった。他にも数人の若い騎士が続いている。

彼らの表情を見て、ウォートは異常を感じた。

若者たちの表情は、殺気のような雰囲気に満ちていたのだ。

「宮廷魔術師殿！　国王陛下の御命令です。あなたを反逆の罪で捕らえます」

「反逆罪だと？」

笑おうとしたが、顔を引き攣《つ》らせただけだ。

蜂起した反乱者が、彼らを扇動したのだろうか？

だが、彼らは家柄もあり、国王の信任の厚い者ばかりだ。よもや裏切るはずはなかった。

それに、彼らは国王の命令だと言った。

「抵抗すれば、斬《き》ります」

もうひとりの若い騎士が、緊張した声をあげた。

抵抗するつもりはなかったのだが、魔術師の杖が自然に動いたのを見て、騎士たちは剣を一斉に抜き放った。

「何を証拠に、わたしが反逆者だと？」

ウォートは突然の出来事に、まだ対応できずにいた。誰よりも優れていると自負してきた自らの頭脳が、麻痺《まひ》してしまったかのように、まったく働かない。

若い騎士たちは、何も答えなかった。答えられなかったのかもしれない。

答が分かったのは、ひとりの人物が騎士たちの後方に姿を現わしたからだ。

スカード王ブルーク、その人であった。

未来に向かって開かれていた扉が凶々《まがまが》しい音をたてて、閉ざされてゆくのを、ウォートは感じた。

「どういうことですかな、国王陛下？」

ブルークを見据えつつ、ウォートは問いかけた。

ヴェノンの密使に脅され、野心を捨てたのだろうか。すべての罪を宮廷魔術師に押しつけ、反逆の意志がないことを示すつもりなのか。

だが、その程度のことで、ヴェノンがスカード併合をあきらめるはずがない。それぐらいは、ブルークとて十分に承知のはずだ。

ブルークの真意を、ウォートは摑《つか》みかねた。だが、はっきりしていることは、このままでは虜囚の身となってしまうことだ。それを拒めば、若い騎士たちは容赦なく斬りかかってくるだろう。

呪文を唱えれば、この場から一瞬で立ち去ることはできる。決死の覚悟を決めて戦うなら、ブルークたちを冥界《めいかい》への道連れにもできよう。

だが、ウォートはそのいずれも選ばなかった。

「分かった……」

とだけ言い、魔術師の杖を騎士たちに向かって投げ捨てた。

若い騎士たちの表情に、はっきりと安堵《あんど》の表情が浮かんだ。だが、ブルークの表情はまったく変わらない。

騎士たちが二人、ウォートの両脇をかためた。彼らに促《うなが》され、ウォートは歩きはじめた。

地下牢《ろう》へと幽閉されることになろう。そこで、しばらく頭を冷やすのもよい、と思った。自らの愚かさを戒《いまし》めなければ、同じ過ちを繰り返すだけだ。

ブルークの横を通りすぎるとき、ウォートは無言の言葉を彼に投げつけた。

なぜ、と。なぜ、わたしを捕らえるのか。おまえの野心はどうなったのだ、と……

彼の表情から返事は戻ってこなかった。

毅然《きぜん》たる態度で、自分を見つめてくるだけ。その視線には、怒りも憎悪も哀れみも感じられなかった。不退転の決意、不動の覚悟だけが、伝わってくる。

それが、どのような意志なのかは分からない。

(まるで何物かに憑《つ》かれているようだ)

ウォートは、思った。

ブルークが何をしようとしているのか、荒野の賢者と謳《うた》われた自分にも見当がつかなかった。

それだけに、恐ろしい気がした。

自分でさえ予想できないことを、ロードスのいったい誰が予想できよう。

想像を絶する災厄が起こるかもしれない。

そんな不安が、ウォートの脳裏をちらりとかすめた。だが、その不安を、すぐに拭《ぬぐ》いさる。

ロードス島を戦乱に巻きこもうとしていた男を幽閉するのだ。

災厄は、むしろ回避されたといっていい。

スカードという小国が、隣の大国に併合されてしまうだけのことだ。ロードス全体にとって、それは些細《ささい》なことでしかない。

ただ惜しいのは、ひとりの傑出した若者がロードスの歴史に名も残さず、消えてゆくことだ。

そして、その傍らに連なるはずだった自分の名前が……

(次の機会は、巡ってくるだろうか?)

石の廊下を騎士たちに支えられるように歩きながら、奈落《ならく》へと落ちてゆくような喪失感を、ウォートは味わっていた。

6

魔神王の迷宮は、五百年の闇に閉ざされていた。

地下に向かい、何十層にも掘り下ろされた地下迷宮であった。

古代王国においてさえ、〝最も深き迷宮〟と呼称されたらしい。

迷宮の闇のなかは、致死的な罠や、侵入者を排除するためだけに数百年の時を待ち続けた魔法生物で満ちていた。命を落としかけたことは、一度や二度ではない。

だが、もはや後戻りはできなかった。進まなければ、王国と王子の未来は開けぬのだ。

そして、ついにブルークは最深部の広間にたどりついた。宮廷魔術師ウォートから接収した書物によって、その広間が「魔神王の間」と名付けられていることを、彼は知っていた。

この広間に、魔神王とその眷属《けんぞく》たちは封印されている。彼らの故郷である世界から召喚され、魔法により創《つく》られた疑似空間に幽閉されているのだ。

他の場所と異なり、魔神王の広間だけは、魔法の明かりによって煌々《こうこう》と照らしだされていた。

ブルークは、これまで唯一の光源であった〈明かり〉の魔法を帯びた指輪の魔力を消滅させた。

そして、背後を振り返る。

月の姫リィーナの姿がそこにあった。王女は、柔らかな布地の純白のドレスを身にまとっている。迷宮を旅するあいだに、ドレスのそこかしこに汚れがついていた。

蒼《あお》ざめた表情をしている。

当然だろう。この広間にたどりつくまでの恐怖は、並の娘では耐えられなかったに違いない。それを耐えたのは、兄への想いゆえだ。その想いを利用し、自分は娘を死地へ誘《いざな》おうとしている。

ブルークは、ひどい自己嫌悪に苛《さいな》まれた。

そのとき、リィーナが不意に微笑みを浮かべた。

「最後に、お父様の偉大さを目《ま》の当たりにできました」

それがいかにも嬉《うれ》しいというように、彼女は目を細める。

その一言で、ブルークは救われたような気がした。娘に笑みを返し、

「儂は、おまえの兄の父親ぞ。あれしきの魔物ごときに後《おく》れを取ることはない」

と、言った。

「そうでした」

口に手を当てて、リィーナは笑う。

彼女の覚悟のほどが知れた。死への恐怖は、もはや乗り越えているのだろう。敬愛する兄のために命を捨てられることに、至福の喜びを感じているようにもみえる。恋を知りはじめた少女の想いは、かくも強く、そして、一途《いちず》なのだ。

ブルークは娘の手を取り、広間の中央へ進んだ。あたかも結婚式のとき花嫁を誘《いざな》う父親のように。

そして、彼女にとって、これからの儀式は、ある意味で本当の結婚式であるかもしれない。血の絆《きずな》ゆえに結ばれることのかなわぬ兄の許に嫁ぐには、他に方法はないのだから……

広間の中央には、五芒星《ごぼうせい》の周囲を二重の円が取り巻いた魔法陣が描かれていた。そして、奥の壁には巨大な両開きの扉がある。ウォートの書物によれば、魔神王は中央の魔法陣より、眷《けん》

族《ぞく》どもは奥の扉より召喚されるとある。

儀式自体は、極めて簡単なものだ。

魔法陣の中央で生贄《いけにえ》を捧《ささ》げ、魔神王召喚の呪文を唱《とな》えればよい。召喚の言葉は下位古代語でいいのだ。魔術を発動させるときに使う、上位古代語でさえない。

ブルークはリィーナを伴って、魔法陣の中央に立った。

自然に、娘と目が合う。

リィーナは笑顔を浮かべていた。ただ、その目には涙も滲《にじ》んでいる。全身がわずかに震えてもいる。彼女の意思とは別に、若い肉体がこれからの運命に抗《あらが》っているようにもみえた。

「衣服を……」

かすれる声で、ブルークは言った。

リィーナはうなずくと、身に着けていた白いドレスをゆっくりと脱ぎはじめる。

やがて、リィーナは一糸まとわぬ姿となった。

魔法の明かりに、若い肢体がまぶしく輝く。青い果実のごとく、胸や腰の曲線にはまだ幼さが残っている。

リィーナは恥じらうように、足を閉じ、両手で胸を抱いた。

「……床に、横たわり、目を、閉じなさい」

ブルークは、切れ切れに言った。

リィーナはこくりとうなずき、石床のうえに身を横たえた。それから、おずおずと目を閉じた。両手をまっすぐ身体《からだ》の横につけ、心持ち胸をそらすような姿勢を取る。

まだ硬い胸の丘は、仰向《あおむ》けになっても、その形をほとんど変えなかった。

そのあいだに、ブルークは王家の紋章が入った短剣を鞘《さや》から抜いていた。

「至高なる光の神……」

リィーナは、小声で神への祈りを捧げはじめる。

彼女の魂が天に召されることを、ブルークも心の底から祈った。

ブルークは両膝《りょうひざ》を床に落とし、短剣を逆手に持った。左手を添えて、目の高さに短剣をかざす。よく磨かれた刀身が、魔法の光を鋭く反射させる。

見下ろせば、白く輝く裸体があった。

心臓の位置を、ブルークは見定める。同時に、自らの心を殺した。娘への哀れみや禁断の所業を成すことへの畏《おそ》れを捨てるのだ。魔神の軍団を率いて、ロードスの支配を目論《もくろ》む者に、人間的な感情はかけらも必要ない。

それから、おもむろに唱えはじめる。魔神王を召喚するための呪文を……

「魔神の王よ、降臨せよ！　この無垢《むく》なる処女《おとめ》の肉体に!!」

呪文が完成すると同時に、ブルークは力を込めて短剣を振り下ろした。

娘の左の乳房に、鋼の刃《やいば》が深く滑りこんでゆく。ほとばしる鮮血がブルークの顔を濡《ぬ》らす。

その瞬間、リィーナの手足が跳ね、目と口が開いた。黒い瞳からは涙が、紅をさした唇からは苦痛の呻《うめ》きが洩《も》れる。

「ナ……」

兄の名を呼ぶ形に、唇が動いた。だが、声にはならなかった。

そして、こときれた。

ブルークは、虚《うつ》ろに開いたままの娘の目を閉じてやった。

冷めた心で、ブルークは改めて娘の骸《むくろ》を見つめる。そこにある肉体は、もはや娘ではない。

魔神王の魂を受け入れる器にすぎないのだ。

ブルークは、待った。

魔神王が降臨するのを……

魔法陣の外に出て、魔神召喚の呪文をもう一度、繰り返す。

しばらくのあいだ、変化は訪れなかった。

もし、魔神王の封印が解けなかったら、リィーナの死は、無駄死にになる。

だが、凍りついた心は、焦りを感じることさえなかった。

そして、ついにそのときがきた。

動かぬはずのリィーナの肉体が、ぴくりぴくりと痙攣《けいれん》をはじめたのだ。

魔法陣から赤い輝きが、光の柱のように立つ。

ブルークは、息を飲んで見つめた。

リィーナの肉体は全身がわなないている。だが、その震えは、次第に収まっていった。

輝きも、消えた。

目が、開いた。

瞳が真紅に燃えあがる。

口が、開いた。

嗚咽《おえつ》のようなものを洩らす。

そして、リィーナの肉体に宿ったものは、ゆっくりと起きあがった。それから、胸に突き刺さったままの短剣を両手で握りしめる。

そして、一気に引き抜く。

鮮血が泉のごとく溢れでた。白い裸体が、真紅のドレスをまとったかのように真っ赤に染《そ》まる。

頭が、ぐるりと回った。

目が合う。

瞳は、元に戻っていた。だが、その瞳に宿る輝きは、娘のそれではなかった。この世の物とは思えぬ魔性が感じられる。

「貴様が、魔神王か……」

ブルークは、威圧するように言った。

返事は、なかった。

長い舌を出し、口の周囲に飛び散っていた赤い液体をなめとる。それから、ブルークに向かってよろめく足取りで近づく。

だが、魔法陣の縁で、その動きは止まった。

「汝《なんじ》、我を解放せし者か？」

血色に染まった唇が、ゆっくりと動いた。

下位古代語だった。

魔神たちは古代王国期に封印されたので、剣の時代になってからの言葉は知らないのだ。

「そうだ。我こそ、汝を解放せし者」

ブルークは、胸を張って答えた。

抑えきれぬ高揚感が、全身を包む。大きな犠牲を払いはした。だが、目的は果たされたのだ。

これからブルークは魔神の軍団を組織し、ロードスを征服することになる。五年のあいだに、それを果たさなければならない。その後、魔神を支配した非道の皇帝は、英雄の器を備えた皇太子によって倒されることになる。

民衆は、皇太子を讃《たた》えるだろう。非道の父を討つのは、子の使命であるゆえ。

そして、千年の安定が得られる。剣の時代が幕を開けてより、ロードスで初めての統一国家が誕生するのだ。

「魔神王よ、我に従え！　汝が支配せし肉体に結ばれし血の絆によりて!!」

ブルークは、高らかに命じた。

魔神王は、答えなかった。

無言のまま一歩を踏み出し、魔法陣を越えた。

「我は、解放されたり」

魔神王はぬめりとした笑みを浮かべ、妖艶《ようえん》に迫ってくる。それが娘の顔であり、肉体であると分かっていても、背筋がぞくりとする。

娘の肉体に降臨した魔神王を抱いたとすれば、それは背徳の極みだろう。非道の皇帝を演じるには、それもいいかもしれない。

「そうだ、我こそ汝の解放者。血の絆によりて命じる。汝、我に従え！」

顔が裂けたと見えたほどに、魔神王の口が横に大きく広がった。不気味な笑いだった。黒い双眸《そうぼう》に、残忍な輝きが宿る。

「いかにも、汝は解放者なり」

魔神王は、歌うように言った。

「それゆえ、我は自由!!」

娘の口から出てきた言葉に、ブルークの高揚感が瞬時にして冷めた。

「どういうことだ!!」

反射的に出た言葉は、ブルーク自身気づいていなかったが、下位古代語ではなく、ロードス島で日常使われる言葉だった。

「我が支配せし肉体には、汝との血の絆は存在せず。ゆえに……」

魔神王は、かっと目を見開いた。そして、虚空に向かって叫ぶ。

「我は自由！」

その叫びは、遥か彼方《かなた》に向けられたようにも、遠い過去に向けられたようにも感じられた。

「馬鹿な……」

ブルークは魔神王の言葉を打ち消そうと激しく首を横に振った。

そんなことがあるはずはなかった。

魔神王は、目の前に迫っていた。妖《あや》しい魅力が、全身から溢れている。その肉体は、まぎれもなく娘のものだ。妾妃であった母親に生き写しの……

「そういうことなのか……」

ブルークはようやく叫んだ。

「ナターシャよ！　これが、おまえの復讐《ふくしゅう》なのだな!!」

ブルークは、絶叫した。

ナターシャの呪いは、スカードの国土と王家とに降りかかるだろう。強力無比な魔神の軍団を相手に、いかに戦うことができよう。

滅びるしかないのだ。
王族も、貴族も、民衆も……
「すまぬ……」
ブルークはその場に崩れ、両手を床についた。
同じ言葉を、ブルークは心のなかで繰り返した。
愚かな自分を呪いつづけた。悔恨が、怒濤《どとう》のように打ち寄せる。
運命の悪戯《いたずら》というには、その結果はあまりにも苛酷《かこく》すぎた。
だが、それを招いたのは他の誰でもない。ブルーク自身なのだ。
自由奔放な女性を、妾妃として束縛したのは、いったい誰か？
若い娘の純情を利用し、魔神王の生贄としたのは、いったい誰か？
一人芝居を演じて、英雄の器を秘めた若者の未来を閉ざした道化はいったい誰か？
「呪われた島ロードス……」
ブルークは血を吐くような思いでつぶやいた。
「まさに……だな」
ブルークは、顔をあげた。
魔神王が、未知の言葉で何事か詠唱していた。
ブルークの背後で、重い扉が開こうとする音が聞こえはじめた。

魔神王の手には、ひとふりの大剣が握られていた。小柄な娘の肉体には、不釣り合いなほどの巨大さだった。

魔神王は、その大剣を片手で担《かつ》いでいる。

よろめきつつ、ブルークは立ち上がった。

腰の長剣に、右手をかける。何十もの魔法生物を斃《たお》してきた魔法の長剣だ。宮廷魔術師ウォートから贈られた銘のある宝剣である。

ブルークと魔神王は、正面から向かい合った。

気合いを込めて、ブルークは剣を振るった。

魔神王は、それを避けようともしなかった。

左の肩から乳房まで、ざっくりと裂けた。だが、血は流れない。少女の血は、もはや流れつくしたのかもしれない。

魔神王は、魔性の笑みを浮かべた。

そして、大剣が一閃《いっせん》された。

後に、〝魔神王の剣〟とも、〝魂砕き《ソウルクラッシュ》〟とも呼ばれる呪われた魔剣である。

だが、ブルークはそのことを知らない。次の瞬間には、首と胴が離れていたからだ。

剣の魔力により、彼の魂が失われたことは、ブルークにとって幸いであるかもしれない。

救われぬ魂の慟哭《どうこく》が、冥界で響くことがなかっただけでも……

# ロードス島伝説　終　章

# 竜の心、魂の魔神

なだらかな丘の頂《いただき》に、若い女性が一人、立っている。

まだ、娘と呼んだほうがいいかもしれない。だが、その手には、赤子が抱かれている。彼女は、すでに母なのだ。

名前を、ラフィニアという。

モス地方の大国ハイランドの王女として生まれた。だが、彼女が今、踏みしめているのは、母国の大地ではない。

さる王国の有力な騎士の領地。

軍用馬を飼育している広大な放牧地の一画で、彼女ら親子はひっそりと暮らしている。

そして、待っている。

愛する人が、帰ってくるのを。

ラフィニアにとっては夫であり、彼女の手のなかの赤子にとっては父親となる一人の若者。

モス地方の小国スカードに王子として生まれ、幼い頃には太陽の王子と呼ばれた。そして、魔神の軍団が出現し、国を失い、亡国の王子となった。ハイランドに外戚《がいせき》として迎えられては、天空を駆ける竜騎士となり、魔神と戦うために立ち上がった百の勇者を統べる栄光を与えられ、最後には誰にも知られざる英雄として、伝説の彼方へと消え去っていった。

様々な呼び名で、若者は呼ばれた。

だが、ラフィニアにとって大切なのは、ナシェルという名前だけ。スカード王家の家名もハイランド王家の家名も不要だった。若者はもはや王子でもなく、騎士でもなく、勇者でも英雄でもないのだから……

「わたしがあなたのお父様に初めてお会いしたのは、ベルド様やウォート様、そしてフレーベ王といったロードスに名高い英雄や賢者を迎えるために催《もよお》された宴《うたげ》の席だったわ……」

ラフィニアは微笑《ほほえ》みながら、手のなかの赤子に話しかけた。

その声に応じるかのように、赤子が小さく身を動かす。生命の力強さ、温かさを、若い母は強く意識した。

生きているというだけで、人間は、生き物は、かくも偉大なのだ。地位も、名誉も、富も、それに比べれば、どれほどの価値があろうか。

あの夜の宴の本当の目的は、スカードの王子ナシェルを王家の外戚としてハイランドに迎え入れることを、国の内外に示すことであった。

魔神に怯《おび》えて母国を売り、逃亡した――

その頃のナシェルは、そんな風聞で伝えられていた。

ハイランドの人間は、決して快く彼を迎えたわけではない。他ならぬラフィニア自身が、そうであった。

宴の席で、ナシェルに話しかけたのは、臆病かつ卑怯《ひきょう》な従兄《いとこ》に、皮肉のひとつも言ってやりたかったからだ。

彼は、その風聞を否定しなかった。弁解もしなかった。しかし決して卑屈にはならず、開き直ることもなく、物静かな態度でラフィニアの言葉に応じた。

当てが外れて、彼女は最初はつまらなく感じたが、話をしているあいだに、ナシェルの優れた知性に気がついた。誠実な人柄や、美しい容姿にも……

「女性のわたしが見ても、羨《うらや》ましいほどだった」

ラフィニアは、赤子の顔を見つめる。

輝くような金色の髪、深く澄んだ青色の瞳は、ナシェルのものでもあるし、ラフィニアのものでもある。

彼女もまた、ハイランドの宮廷では美しさを讃《たた》えられていた。だが、ナシェルには及びもしなかっただろう。

「いつのまにか、あの人との会話に、わたしは夢中になっていたの。自分の役目も忘れてね」

ハイランド王国の宴では、女性は美しく着飾って賓客《ゲスト》の相手をするのではなく、料理や酒を運び、空《から》になった器《うつわ》を片付けたりするのが決まりだった。

宴が終わった後で、ラフィニアは母親にはひどく叱《しか》られ、妹のアーナには散々に文句を言われることになる。

「そのときから、あなたのお父様はわたしにとって気になる存在だった。でも、それが恋だとは思わなかった……」

ラフィニアが自分の想いにはっきり気づいたのは、ナシェルが竜騎士となるべく野生の竜を捕らえにいって、帰ってきたときのことである。

アルボラの山中で、いかにして彼が風竜ワールウィンドを捕らえたかは、二人が一緒に暮らすようになってから聞くことができた。

「あなたのお父様はつまり、美しいだけではなかったということよ」

ラフィニアは赤子に呼びかけながら、空の彼方へと視線を向けた。

風竜が棲《す》んでいるという大空と星界との狭間《はざま》を見通そうとでもするかのように……

# 竜の心

## 1

岩と岩とのあいだの僅《わず》かな亀裂に、左手の指を食い込《こ》ませる。

全身を引き上げ、次の足場に右足を置く。

切り立った崖が、遥か上方に続いている。見上げると、手前に反《そ》り返っているかのような錯覚に陥《おちい》るほどだ。だが、転《ころ》がり落ちてくる小石の様子から、垂直よりも遥かに緩《ゆる》い角度なのは間違いない。

ここはモス地方、アルボラ山地の奥。

ある岩山の頂《いただき》を目指して、一人の若者が、崖を登っていた。

道具は何ひとつ使っていない。肉体の力だけを唯一の頼りとしている。

若者は、名前をナシェルという。

年齢は、十六歳。少年といっても、おかしくはない。スカードという王国の、かつては王子だった。

岩登りの技術は、剣術の師範にあたる〝赤髪の傭兵〟ベルドに教わった。その師範は、肉体を使うことならば、ありとあらゆることをナシェルにやらせた。

水泳や馬術、剣術、格闘など騎士に必要な技術だけではなく、街道に出れば長時間走らされ、森に入れば木を切らされ、川に赴《おもむ》いては小舟を漕《こ》がされ、そして山に踏み込んでは今しているように切り立った崖を登り降りさせられた。

そういった行為に何の意味があるのかは分からなかったが、ナシェルはおとなしく師に従った。何事であれ、ベルド自身が手本として実践してみせるのである。ロードス最高と謳《うた》われる戦士がそうしているのだから、従って損はないと思えた。

最近になって分かってきたのは、ベルドの鍛練のおかげで、全身に無駄なく筋肉がついたということだ。そして、それらの筋肉を自在に使いこなす術《すべ》も身についた。剣術だけをやっていては、決してそうはならなかっただろう。

戦いとは肉体を極限まで駆使することにあり、先に限界に達したほうが敗れる。指先ひとつで、岩にしがみついているのと同じことだ。それが離れた瞬間に、命はなくなっている。それが分かっていても、指を離したほうが楽だという気になる。

崖登りの訓練のあいだに、ナシェルは何度、滑り落ちたかしれない。だが、崖下に控えているウォートが、〈落下制御〉の呪文を唱《とな》えてくれて、たいした怪我もなくすんだ。

だが、今、崖下には〝荒野の賢者〟と呼ばれる偉大な魔術師はいない。

転落すれば、当然、命はない。だが、この程度で怯えているようでは、とてもではないが、これからの試練を乗り越えられまい。

時間はかかったが、やがて、ナシェルは崖を登りきった。

岩山の頂は、僅かだが開けていた。

小部屋ほどの広さがあって、大岩がひとつ、瘤《こぶ》のように地面から突き出している。崖の反対側はなだらかな尾根となって、隣の山へ続いている。

ナシェルは大岩の上に立って、登ってきたばかりの崖を見下ろした。

下から見上げたときよりも遥かに高く感じられた。大木を何本、継げば、届くだろうか。

眼下には、アルボラの山並みが続いている。〝緑と青の山地〟の別名の通り、緑豊かな山々が連なり、渓谷と山上湖がその間隙を埋めている。

ナシェルがハイランドの同名の王都を発ってから、すでに半月ほどが過ぎている。

竜騎士になるために、ナシェルはこの山中にやってきた。ハイランドには竜騎士が乗るべき竜が不足している。そのため、竜騎士になるには、竜を捕らえねばならないのだ。

野生の竜を、である。

竜は、最強の幻獣にして魔獣と呼ばれている。硬い鱗《うろこ》、鋭い牙と爪、強力な尾、思うがままに空を飛び、口からは灼熱の炎を吐《は》く。

そんな獣を、捕らえねばならないのだ。

頼りになるのは、ハイランド王マイセンから授《さず》かった〝竜笛〟ひとつ。竜を呼び寄せる魔力を持つ魔法の笛である。

だが、竜笛には、呼び寄せた竜を支配する力までは備わっていない。竜を支配するのは、あくまで竜騎士に与えられた試練なのだ。

「竜の心を摑《つか》め」

と、自らも竜騎士であるマイセンは言った。

竜の心を摑んだ人間ならば、竜はその背に乗ることを許すというのだ。

〝竜の目《ドラゴンアイ》〟ハイランドが誇る竜騎士は、皆、竜の心を摑んだ者たちなのである。

だが、竜の心を摑むとは、どういうことなのか、ナシェルには見当もつかなかった。

ナシェルは、ハイランドの皇太子であり、父王と同じく竜騎士でもあるジェスターにも訊《たず》ねてみた。

「野生の竜の心を摑むのは、竜舎に飼われている竜の心を摑むのとは比較にすらならないだろう。オレに助言できることはない」

ジェスターは答えた。そして一言、

「竜に、勝《まさ》ることだな」

と、付け加えた。

突き放したような言い方だが、彼の言葉こそが真実なのだろう。

過去、何人もの竜騎士が野生の竜を捕まえんとしてこのアルボラの山中に入り、そして帰ってこなかった。

限られた竜騎士だけが竜を支配することに成功し、それが今、ハイランドの竜舎に飼われている竜たちなのである。ここ何十年か、野生の竜を捕らえてきた竜騎士はいない。

アルボラの山中に入ってから、ナシェルはすでに幾匹かの竜を目撃している。

美しい湖水を湛《たた》えた山上湖には、細長い胴体の水竜が泳いでいるのを見た。

巨大な洞窟の奥には、小山のような体軀《たいく》の地竜が眠っているのを見た。

蒸気を噴きだす谷間には真っ赤な鱗の火竜が、大きく裂けた口から、灼熱の炎を吐きあげているのを見た。

また、この山中の何処《いずこ》かには〝金鱗の竜王〟と呼ばれる黄金の鱗を持つ竜が棲《す》んでいるとの伝説がある。

その金竜は〝太守の秘宝〟と呼ばれる古代王国の宝物を守らされているのだそうだ。この近辺に棲む竜どもの王であり、古竜《エンシエントドラゴン》と呼ばれる竜族の最上位種だ。

そして……

ナシェルは、隣の山の頂を振り返った。

彼のいる場所よりも遥かに高い。途中までは、緩やかな尾根を伝ってゆけるが、山頂付近はまるで尖塔のようになっていて、四方が切りたった崖になっている。

今し方、登ってきた崖さえ問題にならぬほどの絶壁である。その頂に……

大気を切り裂くような声が、そのとき轟《とどろ》いた。

視線の先で、何かが動く。

ナシェルは眩《まぶ》しそうに目を細めて、それを見つめた。

影がひとつ、大きく翼を広げた。点のようにしか見えないが、そこまでの距離を考えれば、その巨大さは容易に想像できた。

影は翼をはためかせて、悠然と空に舞い上がる。

そして山頂を一回りすると、真っ直ぐにナシェルのいる岩山へと向かってきた。

ナシェルは、腰の剣を引き抜いた。そして、足下の大岩にそれを突き立てる。魔力を帯びた刃は、岩の硬さを問題にもせず、易々《やすやす》と滑りこんだ。

手に力を込めて、剣の柄《つか》を握る。そのままの姿勢で、ナシェルは近づいてくる影を見つめた。

視界のなかで、影は急速に膨れあがってゆく。

巨大な翼、透き通るような空色の鱗、長い首と尾、そして太い胴。口は耳まで裂け、頭には三対、六本の角が生えている。背筋に沿って、淡い青色の毛がなびいていた。

竜《ドラゴン》である。

風竜《エアドラゴン》という種類だ。

炎の精霊力の他、風の精霊力をその強靭《きょうじん》な体内に秘めている。

風竜は、ナシェルの頭上、高くを飛びすぎていった。

影が一瞬、ナシェルを包みこみ、それから猛烈な風が吹き抜ける。剣を握る手に力を入れていなければ、風に煽《あお》られ、崖下に転落していただろう。

そして風が止み、背後を振り返ったときには、風竜の姿はもう小さくなっていた。

「なんという速さだ」

ナシェルは感嘆の声を洩らす。

そして空を舞う風竜の姿は、このうえなく美しく見えた。何ものにも束縛されることのない完全な自由。現在《いま》の自分とは、対極の存在のように思える。

「だからこそ……」

ナシェルは、自らに誓った。

「おまえの心を摑んでみせる」

2

ロードスという名の島がある。

アレクラスト大陸の南に浮かぶ辺境の島だ。大陸の住人のなかには、〝呪われた島〟と呼ぶ者もいる。人間《ひと》を寄せつけぬ魔境が各地に存在し、忌《い》まわしき戦乱が続くゆえ。

そして、今、ロードスは呪われた島との呼び名に相応しい状況にある。

ロードス南西部のモス地方で、異界の住人たる〝魔神《デーモン》〟が解放されたからだ。

魔神の軍団は、ドワーフ族の集落〝石の王国〟を滅ぼし、スカード王国の王城グレインホールドを陥落せしめた。

そして、魔神たちはロードス全土に跳梁《ちょうりょう》し、島の住人を恐怖のどん底におとしいれている。

思うがままに荒れ狂う魔神に対し、ロードスの諸王国は互いに牽制しあうだけで、有効な対策を講じることさえできずにいた。

このままでは、ロードスは魔神の手に落ちてしまう。

そんな危惧を、誰もが覚えていた。そしてその危機感ゆえに、王国の力に頼ることなく、魔神と戦おうとする人々が現われはじめていた。

「百の勇者が立ち上がれば、ロードスから魔神は一掃されるだろう」

自由都市ライデンの評議会議長の予言めいた呼びかけに、応《こた》えてのことだ。

しかし、それら勇者たちの力は結集されてはおらず、魔神に対抗するまでには未だ至っていなかった……。

焚火《たきび》の炎が、夜の森に赤く浮かびあがっていた。

その炎のそばに、人影がひとつ、背中を向けて座っている。

「ただいま、戻りました」

岩山からふたたび崖を伝って降りてきたナシェルは、その背に向かって声をかけた。

「遅かったな」

太い声が返ってきた。

長い髭を蓄えた顔が、ナシェルを振り向く。

魔神によって滅ぼされた南のドワーフ族、別名〝石の王国〟の族長〝鉄の王〟フレーベであった。

石の王国で瀕死《ひんし》の状態であった彼を救いだして以来、ナシェルはこのドワーフ王と行動を共にしている。

ナシェルの母国スカードも、現在は存在していない。隣国である〝竜の鱗《ドラゴンスケイル》〟ヴェノンに領有権を譲渡したためであるし、その後、魔神の軍勢によって占領されたためでもある。

しかし、フレーベとは〝麦酒《エール》の誓い〟という盟約を交《か》わしている。母国を失った同士ではあるが、共通の敵である魔神と戦うために、完全な協力を約束しているのだ。

ナシェルが竜を捕まえにゆくことを伝えたとき、このドワーフの英雄王は、進んで協力を申し出てくれたのである。

「どうだった？」

向かいに腰をおろしたナシェルに向かって、フレーベは問いかける。

「岩山の頂から見たあいつの姿は？」

「思っていたより、大きな竜です。わたしのことなど、目にも入っていなかったでしょう」

ナシェルは、答えた。

「それで幸いではないか？　空腹であれば、命がなかったかもしれんぞ」

「幼竜の頃はともかく、成長した竜は、あまり人を喰わないそうです。人を喰うことを覚えた竜は、人ばかりを狙うそうですが……」

「不思議な習性だな」

フレーベは、しみじみと言った。

葉を削ぎ落とした小枝で、焚火をかきまわす。炎が一際、高く上がり、薪《たきぎ》の爆《は》ぜる音が続けざまに響く。

「人間が神の姿に似ているからだと、ある賢者は書いていました」

書物で得た知識である。

出発前、ナシェルはハイランド王家の蔵書のなかから、竜に関して記述してある書物を読みあさった。

様々な知識が得られたが、竜の心を摑むために役立つものは、皆無であった。竜の種類や習性、生態に関するものが大半で、竜にまつわる伝説、伝承を集めた書物もあった。

神々が肉体を持っていた太古の時代、竜族は神々に仕えていた。神々が光と闇の陣営に分かれて争った、いわゆる〝神々の大戦〟のとき、竜族は神々のもっとも忠実な従僕で、そして最強の戦士であった。

竜族は、敵対する神々の肉体を、口から吐きだす灼熱の炎で焼きつくした。不死なる神々は、魂だけの存在となり、世界に介入する術《すべ》を失った。

そして、人間が世界の主人となる時代がやってくるのである。

神々の大戦で、竜たちの多くは失われたとされる。そして、生き残った竜族も、太古の力を失っていった。現在、生息している竜族のほとんどは下位種であって、上位種たる老竜《エルダードラゴン》や古竜《エンシェントドラゴン》はほんの僅かでしかない。

ロードスには太守の秘宝を守護する五色、五匹の古竜が棲むとされているが、ナシェルの調べた文献では、そのうちの二匹だけが本物の古竜であり、残る三匹は老竜だという。ここモスの山中に棲む金鱗の竜王とライデンの火竜山に棲む魔竜だけが、正真正銘の古竜とのことだ。

ハイランドの竜舎にいる竜も、皆、下位種である。

だが、その下位種の竜でさえ、最強の幻獣にして魔獣と謳《うた》われているのだ。人間の力が及ぶ相手ではない。〝竜殺し《ドラゴンスイレヤー》〟の名を冠した英雄は、新王国期を通じても数えるほどしかいないのだ。

「竜の心を摑まえる、か……。そんなことが、本当にできるものかの」

フレーベが、自分自身に問いかけるように言った。

「竜騎士たちは、そうしています！」

ナシェルは顔色を変えた。

それが、唯一の心の支えなのだ。

「飼い慣らされた竜を相手に、な。それも、何年もの修業のうえでだ」

「わたしには、そんな余裕はありません。魔神の攻勢がいつ始まるかもしれないし、ヴェノンやハーケーンが、ハイランドに攻め寄せてくるかもしれない」

「だが、心を摑まぬまま、竜を呼び寄せたら、命はないのだろう？」

「間違いなく……」

ナシェルは答えた。

そのときは、呼び寄せた竜との戦いになる。魔法の援護すらないのだ。勝てるはずがない。

「竜の心を摑んだと、どうすれば確信できる？」

「それは……」

ナシェルは、言葉に詰まった。

フレーベの問いは、ナシェル自身、疑問に思っていたところだからだ。

竜の心を摑んだかどうか、自分自身で判断できるものなのだろうか？　間違った判断を下して竜笛を吹いても、呼び寄せた竜に殺されるだけである。

そのことを、フレーベは危惧しているのだ。

「同族の心を摑むことさえ、大変なのだぞ」

フレーベの言葉に、ナシェルはうなずくしかなかった。

他人の心が理解できるのなら、戦《いくさ》など起こるまい。だが、現実には、人間の歴史は戦乱で綴《つづ》られている。

ナシェルは沈黙して、焚火の炎を見つめる。

やはり無言のまま、フレーベが焼けた獣肉の塊《かたまり》を小刀《ナイフ》で削って、勧めてきた。

食欲をそそる匂いが、鼻孔を刺激する。

フレーベの傍らを見れば、彼が愛用している鉾槍《ハルバード》や弩弓《クロスボウ》と並んで、血まみれの猪《いのしし》が横たわっていた。ナシェルが岩山を登っているあいだに、仕留めたものだろう。

ナシェルは、その肉片を受け取ろうとした。

だが、その手を途中で止める。

「どうした？」

不審そうに、フレーベが訊ねる。

「その肉は、いりません」

ナシェルは答えて、その代わり、フレーベから小刀を受け取った。そして、猪の側《そば》に、しゃがみこむ。

何をする気だと、フレーベはナシェルの行動をいぶかしそうに見つめる。

ナシェルは小刀を使って、猪の後足の股のあたりの皮を剝《は》ぎ取り、一片の肉を切り出した。

切り取った肉片から、じっとりと血が滲みでてくる。獣肉特有のむっとする臭いが、鼻をついた。

肉片を見つめながら、ナシェルはしばらく躊躇《ためら》った。

「竜は、生肉を喰べる」

気合いをつけるため、声に出してそう言った。

そして、ナシェルは意を決して、肉片を口のなかに放り込む。

思ったより、肉は硬かった。咀嚼《そしやく》しようとすると、肉から染みだした血の味が、口のなかにぬるりと広がってゆく。肉自体にも独特の臭《くさ》みがあり、噛むほどに口から鼻に抜けてゆく。

ナシェルは息を止め、無理矢理、肉片を飲みこんだ。だが、胃がそれを受け付けなかった。

内臓がひっくりかえったかと思うような、強烈な吐き気が襲ってくる。

ナシェルは手で口を押さえながら、森のなかに駆け込んだ。そして胃のなかの物を、残らず地面にぶちまける。もっとも、朝から何も口にしていなかったので、出てくるのは飲み込んだばかりの肉片と胃液だけだった。

胃の内容物を残らず吐き出すと、気分は嘘のように晴れた。

「人間は獣ではないぞ。まして、おまえは王族の生まれだ。生肉を齧《かじ》れるようには、できておるまい」

森から戻ると、フレーベがそう声をかけてきた。そして、金属製の筒を差し出す。

ナシェルはかるく会釈をして、精巧な細工を施《ほどこ》された筒を受け取った。冷たい液体の感触が、薄い金属板を通して、手のなかに伝わる。

ナシェルは飲み口を塞《ふさ》ぐ蓋《ふた》を外《はず》し、直接、口につけた。

口のなかを一度、濯《すす》いでから、筒の中身を胃のなかに収めてゆく。持ち運びに耐えられるよう蒸留酒を添加して度数を高めた葡萄酒《ワイン》である。船乗りたちが、愛飲している港の酒だ。ほどよい甘味と酸味が、嘔吐《おうと》の後の不快感を洗い流してくれた。

「竜の心を掴むには、竜についてもっと知らねばならないと……」

筒の蓋を元に戻しながら、ナシェルは弁解するように言った。

「たぶん、そうだろうな」

フレーベは自慢の髭を触りながら、答えた。

「だが、竜の生き方を真似ることで、竜のことを知れると思うか？」

「分かりません」

ナシェルには、そう応《こた》えるしかなかった。

「ただ、それ以外の方法が思いつかないのです」

「試みて、損はなかろうが……」

ドワーフ王は続く言葉を、思い直したように飲み込んだ。

彼が何を言わんとしていたのか、ナシェルはあえて考えまいとした。

「食べられるか？」

焼けた肉を、フレーベはふたたび勧めてきた。

もう一度、生肉に挑戦する気には、さすがになれなかった。空腹を抱えたままでいるわけにもゆかず、礼を言って肉片を受け取る。

火傷しそうなぐらい熱い肉を口のなかに入れる。

美味いと思った。

火で焙《あぶ》っただけで、臭みは嘘のようになくなり、馨《かぐわ》しい香りがそれに代わる。

それが獣とは異なる、人間の英知というものであろう。

だが、ナシェルが心を掴むべき相手は人間ではない。幻獣にして魔獣である竜なのだ。

陰鬱たる気持ちになりながら、ナシェルは焼けた肉を黙々と口に運んでいった。

3

その翌日から、ナシェルは人間の生き方を捨てて暮らしはじめた。

まず道具を使うことをやめた。

木の実や果実、生のまま食べられる山菜を採り、兎や鹿を狩りたてる。

荒野の賢者ウォートに教えられた知識と、赤髪の傭兵ベルドに鍛えられた肉体は、そういった野生の生き方にも十分、耐えられた。

三日目には余裕さえできた。生の肉や魚の味にも、少しずつ慣れていった。

だが、そういった食事が身体《からだ》に合わなかったらしく、四日目の夜にはひどく腹が痛み、激しい下痢と吐き気に襲われもした。ナシェルは宮廷お抱えの薬草師タトゥスに教わった知識を活かして、胃腸の病に効く薬草を探し出し、煎《せん》じて飲まなければならなかった。

「生存術の訓練かの？」

五日目の朝、ようやく腹痛が治まったナシェルのもとへ、ドワーフ王フレーベがやってきた。

この五日のあいだ、フレーベはナシェルの行動を遠くから黙って見守るだけだった。

「生存術……ですか」

ナシェルは、深く嘆息した。

あまりにも辛辣《しんらつ》な意見だが、否定できなかった。野外での暮らしを強いられる狩人や野外戦の得意な遊撃兵《レンジャー》にとって、ここ数日のナシェルの生き方は、必須《ひっす》の技なのである。

「獣のように、生きてみたつもりだったのですが……」

ナシェルは呻《うめ》くように言った。

「獣は生まれついての本能によって、生きている。だが、人は違う。生まれたときには、無知で無力な赤子にすぎん。生きてゆく術は、皆、大人から教わってゆく」

「人間には、野生の生き方はできない、ということですか？」

「気でも狂わんかぎり無理だろうな。しかし、おまえという人間は、理性的にできすぎておるからの」

フレーベの言葉は、ナシェルの心に深く突き刺さった。

竜は卵から生まれる。

そして生まれたての幼竜でさえ、生きる術を身につけている。自力で獲物を屠《ほふ》り、そして、喰らうのだ。

人間が意識的に獣のように生きようとしても、それが即、野生に還ることにはならないということだ。そのためには、特別な技術や知識が必要となる。

街で暮らす普通の人間には、とうてい不可能な生き方なのだ。獣のように生きようとしたつもりが、フレーベが指摘したとおり生存術を実践したことにしかならない。

辺境の蛮族にでも生まれないかぎり、人は獣のように生きられないのだろう。

「どうすれば、竜の心に近づけるのでしょうか？」

教えを乞うように、ナシェルは直立し、フレーベに向かって頭を下げた。

「分かるものか」

フレーベは、吐き捨てるように言った。

「ハイランドの竜騎士見習いは、どんな訓練をしておる？」

「基本的には、普通の騎士見習いと同様です。ただ、その厳しさは比較になりません」

違っているのは、竜舎で寝泊まりすることがあったり、竜の世話をしていることぐらいだろうか。それを今、実行しようにも、野生の竜の棲処《すみか》で寝泊まりするわけにはゆかないし、その世話をするわけにもゆかない。

「餌《えさ》でも与えてみましょうか……」

ナシェルは、自問するようにつぶやいた。

「餌を与えにゆけば、おまえのほうが喰われてしまうわ！」

フレーベの語気は、荒かった。

彼の心境は、三流役者の一人芝居を見せつけられている観客も同然だろう。

石の王国からフレーベを救いだし、死地に向かおうとする彼をナシェルが引き留められたのは、生きつづけていれば魔神と戦える、彼らを打ち滅ぼすことができると説得したからである。

スカード王国と石の王国との同盟条約だった〝麦酒の誓い〟を持ち出したのは、そのための方便にすぎない。

だが現実には、自由な行動さえ許されぬナシェルに足を引っ張られ、石の王国の鉄の王は、魔神と戦うための機会にも恵まれずにいる。彼にとって、今のナシェルはただの重荷でしかない。

本心では、このままアルボラの山々を越えて、魔神の居城となった石の王国へと攻め戻りたいに違いない。

それを実行しないのは、彼が誓いに縛られているからに他ならない。

大地の妖精たるドワーフ族は、決して約束を違《たが》えない。誓いを守るためなら、命を捨てることさえ惜しまないのだ。

ナシェルは苦悩した。

フレーベに対する謝罪の気持ちで、心が張り裂けそうになる。竜騎士になることをあきらめ、このまま彼とともに魔神どもの拠点に攻め込もうかとも思う。

それは、とても簡単なことだ。

だが、それでは、ナシェルを匿《かくま》ったため、魔神と密約を結んでいるとモスの諸国から疑われているハイランドの潔白を晴らすことはできない。モスの諸国は、魔神の軍団を支配しているのがナシェルの実の父、スカード王ブルークであると信じているゆえである。

だが、それが事実だとは、ナシェルは微塵も思っていない。

魔神の軍団を率いて姿を現わしたスカード王は、魔神が姿を変えた偽物だと信じている。もしも本物の父であるとしても、魔神に心を支配されているはずだった。

たとえ父が本物であり、正気であったとしても、ナシェルの決意は動かない。魔神を支配し、ロードスの征服を企む輩《やから》は、それが父であれば尚《なお》のこと、討たねばならないと思う。

だが、魔神の居城があるスカードに行くには、ナシェルやハイランドを敵視する諸国の領土を通らねばならぬ。

ナシェルの通行を、諸国が許すとは思えない。

魔神と戦うためには、空を飛んでゆくしかないのだ。それゆえ、ナシェルは竜騎士になろうと心に決めたのである。

風竜を捕まえたいと思ったのも、あの空色の鱗の竜が、ハイランドの竜舎に繋がれた竜など問題にならぬほどの速度で飛ぶのを見たからだ。

〝竜の目〟を冠し、竜騎士を擁した強国とはいえ、モス地方の王国すべてを敵に回しては勝ち目はない。なにより現在は、ロードスの存亡をかけた魔神との戦の真っ最中である。王国同士が争っている場合ではないのだ。

ハイランドの潔白を晴らし、モス諸国の戦力を魔神に向ける。

そのためには、ナシェルが逃げも隠れもせず、自らの存在を人々に明らかにしたうえで、魔神に戦いを挑みつづけなければならない。

他に方法はないのである。ナシェルは、何があっても、竜の心を摑まねばならない。野生の竜を捕らえて、竜騎士として帰還しなければならないのだ。

だが、目の前の現実は極めて厳しい。

竜の心を摑むための方法さえ、見つけられずにいる。

「この目で、もっと竜を観察してみようかと思います。そうすれば、竜の心に近づけるかもしれませんので……」

ナシェルは神妙な顔で、フレーべに申し出た。

「好きにするがいい」

ドワーフ王からは、無愛想な答が返ってきた。

「魔神どもは、逃げはせん。そして、今のような状況では、人間たちが魔神を滅ぼすこともなかろう。魔神と戦う機会は、まだ、いくらでもある。だが、時間は無限にあるわけではないぞ」

「心得ています」

時間が無限にないことは、ナシェル自身が誰より知っていた。

しかし、竜の心を掴むまで、竜笛を吹くわけにはゆかないのだ。

## 4

その翌日、ナシェルは保存の利《き》く食料と水とを大量に背負って、先日、登った岩山の頂にふたたび向かった。

荷物が多いので、今度は崖を登らず、山をぐるりと回って、尾根《おね》の方から上がってゆく。

丸三日を費《つい》やして、目指す山頂に到着した。

ナシェルは、山頂の地面から突き出している大岩に背中を預けるように腰を下ろすと、風竜の棲む隣の山の頂に目を凝《こ》らした。

この岩山の頂で、ナシェルは風竜を観察しつづけるつもりだった。

それで何が得られるのか、実のところ分からない。だが、焦燥感にかられて行動しても、結局は、空回りに終わるだけのような気がした。

心を鎮め、ただ竜を見る。

竜の心を追い求めるのではなく、受け入れようというのである。それで、竜の心に近づけるかもしれない、とナシェルは期待している。

だが、結果を急ぎすぎると見えるものさえ見えなくなってしまう。ナシェルは、観察者に徹しようと心に決めている。そのためには、先入観を捨てなければならない。理性ではなく、感性を働かせなければ見えない真実もあるだろう。

ナシェルは腰を落ち着けて、風竜の巣がある隣の山の頂を凝視しつづけた。

そうして、最初の一日が暮《く》れていった。

用意してきた厚手の毛布に包まり、夜の冷気から身を守る。天空に星々が明るく輝き、隣の山は影絵のように見える。

何もせず一日を終えるというのは、病気や怪我で伏せっていた日を除けば、おそらく初めてではないか、とナシェルは思った。

学問と武術を両立させることが、ナシェルの父、ブルークの教育方針だった。そのため、幼い頃から厳しい教えを受けてきた。

小国の王子の宿命である。国王自身が優秀でなければ、王国はたちまち滅亡してしまう。父はモスの諸国に、その名を知られた名君であり、何かにつけ、無理な要求をしてくる盟主国ヴェノンの圧力を巧みにかわしながら、国力を蓄えていった。

父は小国に生まれたことを、内心では悔やんでいたのではないか、と思う。大国に生まれていれば、モスの盟主たる公王になれたかもしれないのだ。

魔神の軍団を使えば、その夢を果たせるだろう。そう考えた父が、魔神を解放したという可能性は大いにある。

だが、ナシェルは、父の賢明さを信じている。そのような邪悪な手段で、モスを統一したとて、長続きするはずのないことぐらい、承知しているだろう。

それでも、現実に魔神は解放され、その軍団を率いていたのは、父の姿をしたものだ。そして父の隣には、妹リィーナの姿さえあった。

モスの諸国が、ナシェルを疑うのも当然と言える。そして、ナシェルを庇護するハイランド王国を……

「邪念だぞ」

ナシェルは声に出して、自らを戒《いまし》めた。

何もすることがないので、父や妹のことを思い出したりするのだろう。

今、自分がなすべきは、ただ竜を見ることなのだ。

次の日から、食べることと寝ること以外には、ただ風竜の姿とその巣を観察するだけの毎日が続いた。

風竜の行動には、決まった習慣というのがなく、気紛れに動いているように思えた。

風の精霊は、自由の象徴とされる。風竜はまさにそれを体現しているかのようであった。

大気を切り裂くような咆哮をあげると、悠然と空に舞いあがり、餌を求めて飛び立ってゆく。

熊や猪、鹿といった大型の動物が、風竜の獲物だ。鋭い爪で掴み、生きたまま大空へ運びあげる。

ナシェルの頭上を通り過ぎるとき、哀れな獲物が風竜の爪から逃れようと暴れる姿を、何度か目撃した。

巣に持ち帰って、ゆっくりと食べるのだろう。

竜は幻獣ゆえ、その巨体の割には大量の餌を必要としないと言われる。何も食べなくても生きてゆけると唱える賢者もいるほどだ。

だが、空腹になると、竜は知性を失い、狂暴になるのだそうだ。

それゆえ、ハイランドの竜舎に飼われている竜たちは、一日に一頭の子牛を与えられている。

そのための専用の牧場を、ハイランドは領内にいくつも持っている。

そして、戦が近づくと、与える餌の量を減らして、竜の攻撃性を高めるのだ。完全に餌を断てば、おそらく竜舎の竜たちも野生を取り戻すのだろう。

竜にとって、餌を取るという行為には、生きる以外の意味があるのかもしれない、とナシェルは思った。

風竜が飛び立つのは、一日に一度か二度くらいなので、その姿を目撃できる機会は限られている。残りの時間は、岩山の頂でただ座っているだけ。

時には立ち上がって、身体《からだ》を動かさねば、周囲の岩に同化してしまいそうだった。

そうして、また何日かが過ぎていった。

ナシェルの風貌は、ひどく変わっていた。身体は汚れるにまかせたまま、髪は脂《あぶら》でべっとりとしていて、細い髭が伸び放題になっている。

路上の物乞いでも、もっと清潔だろう。ナシェルは、自分が自分でなくなったような気持ちになってきた。

こんな高所に、ただひとりいる。

常人ならば気が狂っているかもしれない。目的があればこそ、ナシェルは正気を保っていられるが、たぶん正常な精神状態ではないだろう。

石の王国で最初に魔神と戦って以来、ナシェルは、常に何かに追われるように生きてきた。

そういった日々が、遠い過去の出来事のように思えてくる。下界で何が起こっているのかも、あまり気にならない。

「孤高というのは、こういうことなのだろうな」

ナシェルは、視界の彼方の風竜に向かって呼びかけた。

風竜は自由に空を飛び、獲物を捕まえ、それを喰らう。単純にして明快な生き方である。もちろん、それは、すべての動物に通じることではある。だが、竜には圧倒的な強さがある。そして、高い知性を備えてもいる。最強の幻獣にして魔獣と呼ぶに相応しい。

それに比べ、人間は大地に縛られ生きてゆかねばならない。そして、自らが作った複雑な社会に囚《とら》われている。

ただ生きて、子孫を残すだけなら、もっと楽ができたはずだ。だが、それだけでは飽きたらないのが、人間という生き物である。

生きてゆく以外にも、多様な欲望を抱えているためだろう。それを満たすことが、人間の営《いとな》みであり、歴史であるといえるかもしれない。

だから、自由を失う。目に見えぬ呪縛に捕らえられ、身動きができなくなるのだ。

今の自分が、まさにそうであるように。

魔神を憎みながらも、戦う機会さえ与えられない。父のこと、妹のこと、ハイランドのこと、モス諸国の動静やその他の国々の情勢など、考慮すべき要素が蜘蛛の巣のように張り巡《めぐ》らされていて、間違いなくその網に自分は絡《から》め取られている。

「もしも、わたしが竜だったら……」

ナシェルは自問してみたが、無駄なことだと、すぐに思い直した。

前提からして違うのである。

卵から生まれるゆえ、竜には父もいなければ、妹もいない。身分もなければ、王国もない。魔神の跳梁を知っているとは思えぬし、知っていたとして義憤を感じる必要があろうか。

「竜の心を摑むか……」

何度、その言葉を口にしただろう。

「どうすれば、いいんだ」

ナシェルは繰り返し、自問してみる。

人間と竜とは、かくも異なっているのだ。考えれば考えるほど、竜の心を摑むなど不可能に思えてくる。

出口のない迷宮に彷徨《さまよ》いこんだ気分だった。

5

ナシェルが岩山から降りたのは、次の日の夕刻だった。

山頂に登ってから、十日ほどが過ぎている。

食料と水が尽きたこともあるが、これ以上、山頂に留まっても、得られることはないと思ったのが、第一の理由だった。

山から降りた日に、ひとつ事件が起こった。

いつものごとく獲物を求めて飛び立った風竜が捕らえてきたのは、鷲の頭に獅子の胴を持つ異形の魔物だったのである。

鷲頭獅子《グリフォン》と呼ばれる幻獣だ。

人を襲うこともあるゆえ、魔獣に分類されることもある。異形ではあるが、その姿は雄々しく、家紋にしている騎士、貴族もいるほどだ。

生息数が少ないこともあり、なかば伝説上の生き物だった。もちろん、ナシェルも本物は初めて見る。

嘴《くちばし》と爪には、恐るべき破壊力があり、騎士の甲冑《かっちゅう》でさえ紙のように貫き、切り裂くという。馬を好んで餌としているので、辺境の山道で、馬車馬や旅の騎士が襲われたという話が、十年に一度くらい噂にのぼる。

書物によれば、強力無比な魔獣とされている。そのグリフォンを、獲物として屠ったのだ。風竜の空色の鱗には、傷ひとつついていなかった。

竜の強さが改めて、実感された。

魔神でさえ、グリフォンと一対一で戦って簡単に勝てるとは思えない。

ドワーフ王フレーベと再会したのは、岩山から降りた数日後である。

フレーベは出発前と同じ場所で、ナシェルを待っていてくれた。

「いい顔になってきたの」

戻ってきたナシェルを見て、フレーベが珍しく笑みを浮かべた。

「髭が似合うようになってこそ、一人前の男よ」

ドワーフ族の男は、例外なく立派な髭を伸ばしている。そして彼らはそれを誇りに思っているのだ。

「汚れただけです」

幾分、自嘲ぎみにナシェルは言った。

「何か成果は、得られたか？」

「分かりません」

ナシェルは、正直に答えた。

少しは、竜の心に近づけたような気がする。だが、竜の心を摑んだとは、とても思えない。

竜と人間との違いを明確に意識しただけである。

そのことを伝えると、

「大きな前進ではないか」

と、フレーベが賞賛してくれた。

「そうでしょうか？」

ナシェルには、前進したようには思えなかった。

「目的地が何処にあるのか分からなかったのが、遥か彼方にあると分かったようなものです。いつになったら、たどりつけるものやら……」

ナシェルは地面に座りこみ、フレーベが差し出してくれた金属の筒から、例の葡萄酒を一口だけ飲んだ。

「風竜はグリフォンを餌食にしました」

昨日の出来事を、ナシェルはフレーベに告げた。

その言葉に、フレーベの眉がぴくりと動いた。

「昔、我が王国の近くに棲みついたのを、追い払ったことがあるが……」

フレーベが浮かべた表情から、グリフォンの強さがうかがえた。

「わたしが戦ってみて、勝てるでしょうか？」

ナシェルは、そんな疑問をぶつけてみた。

「分からん。だが、試そうとはしないことだな」

「竜の心を摑むには、竜に勝らなければならないのです。竜にとって獲物でしかないグリフォンにさえ勝てぬようで、竜がその背に跨《また》がらせることを許すものでしょうか？」

「何を考えている？」

「竜に勝るには、グリフォンを倒せるぐらいの強さが必要なのではないかと……」

「肉体的な強さか？　精神的な強さか？」

フレーベが鋭く問い返してくる。

「その両方でしょう」

少し思案してから、ナシェルは答えた。

「竜は、強く自由です。それに比べて、わたしは大地に縛られた卑小な存在でしかありません。竜の心を摑むためには、今のままのわたしでは……」

「だから、グリフォンと戦おうというのか？」

「そうです」

ナシェルは、答えた。

「分かった」

何を思ったか、フレーベは傍らに置いてあった鉾槍《ハルバード》を手に取ると、ゆっくりとした動作で立ち上がった。

何をするつもりなのか、とナシェルはフレーベを見つめる。

「ならば、話は簡単だ」

フレーベは言うと、武器を構えた。

「わしが相手をしてやろう。竜に勝てるかどうかは知らんが、グリフォンには負けはせん。わしを倒すことができたなら、おまえは間違いなくグリフォンより強い」

フレーベは鉾槍の先を真っ直ぐにナシェルに向けてきた。

長い棒の先に、槍と斧、それに鉤《かぎ》がついている。人間の王国では儀礼用に使われる場合が多いが、強力な武器であるのは間違いない。

そして、フレーベは勇猛で知られるドワーフ戦士の長たる王なのである。圧倒的な魔神の軍団を相手に、ただひとり戦い抜いた英雄なのだ。

多少の武術の心得はあるものの、ナシェルが及ぶ相手ではない。

ナシェルは立ち上がったものの、腰の剣を抜くことができなかった。

「どうした？　かかってこんのか？　竜は、わしより強いのだぞ。わしに勝てずして、どうして竜に勝ることができる」

ナシェルはうなだれながら、罵倒にも似たフレーベの言葉を聞いていた。

「竜騎士たちは、皆、竜より強いのか？」

「いいえ」

自分の愚かさに、ようやくナシェルは気づいた。

「竜に勝ることとは、戦いで竜に勝つこととは違うだろう。竜殺しの英雄であれば、竜の力など必要とはするまい」

フレーベの指摘は、もっともだった。

そんな簡単な理屈さえ、ナシェルは気づかなかったのだ。

「焦る気持ちは分かる」

フレーベは構えていた武器をおろした。

「だが、おまえは人間なのだぞ。いかに足掻《あが》こうと、竜にはなれぬ」

「竜には、なれない……」

ナシェルは茫然とつぶやいた。

当たり前の話だ。遥かな昔には人間が竜に化身する秘術があったとの言い伝えもあるが、現在では失われている。

あえて言うなら、ハイランドの竜騎士たちが、その秘術にもっとも近い者たちだ。

しかし……

(なれるものなら、なってみたい)

ナシェルはそう思った。

竜は強く、人は弱い。

そんな竜を、なぜ人が支配することができるのか。

支配できるのは、間違いないのだ。現に、ハイランドの竜騎士たちはそうしている。野生の竜を捕まえてきた竜騎士が過去にいたからこそ、今の彼らがある。

竜騎士になるためには、竜の心を摑まねばならぬ。そして、それは竜に勝ることだという。

その言葉を、ナシェルは繰り返し繰り返し問いかけてきた。その答を見出すために。

竜に勝るためには、どうすればいいのか？

アルボラの山中に入ってから、軽く一月が過ぎている。

竜の心に近づくため、ナシェルは様々に試みた。竜の生き方を真似てみたり、竜を観察するためだけに岩山の頂に登ったりした。

だが、答は見つけられない。竜に近づこうとすればするほど、遠い存在のように思えてくる。

ナシェルは地面に腰をおろし、瞑想するように目を閉じた。

瞼《まぶた》の裏に、空を飛ぶ風竜の姿を思い浮かべる。

竜は強く、そして自由だ。人間が勝っているところなどまったくない、と思った。

（そんなはずはない！）

ナシェルは、心のなかで叫んだ。

何かひとつは、あるはずなのだ。そうでなければ、竜騎士などこの世には存在しない。

「もしかして……」

そのとき、突然、ひとつの考えが頭に閃《ひらめ》いた。

それは何の脈絡もなく、唐突に出てきたものだが、真実の響きを強く感じた。

その閃きを手がかりに、ナシェルはもう一度、頭のなかを整理してみた。

竜は強く、自由。人は弱く、拘束されている。

「そういう……ことなのか？」

ナシェルは惚《ほう》けたような声をあげた。

「どうしたのだ？」

フレーベが、不安そうに訊ねてくる。ナシェルの精神の糸が切れたように思えたのかもしれない。

ナシェルはぼんやりとドワーフ王を見あげた。

「竜の心、摑みました……」

ゆっくりと言って、ナシェルは立ち上がった。

心が驚くほど澄んでいた。今まで苦悶していたのが、嘘のようだった。

ナシェルは、腰の革帯にさげていた袋から〝竜笛〟を取り出した。

「竜の心を摑んだ、と？」

フレーベが怪訝そうに訊ねてくる。まだ、ナシェルの正気を疑っているような感じだった。

「フレーベ王のおっしゃるとおりです。人は竜にはなれません。逆に言えば、竜も人にはなれません。そして、人にはあって、竜にないものがあるのです。わたしは、それを与えることができる」

フレーベにはナシェルの言葉の意味がよく分からないようだった。

明快な言葉にすることは簡単だが、それには何の意味もない。確かに言えることは、竜の心を摑むための今までの努力は、的外れではあったが、無駄ではなかったということだ。

竜の心を摑むには、竜になりたくてもなれぬ自分を意識する必要がある。自分が人間以外のなにものでもないことを知れば、答はおのずから見えてくる。

ナシェルは、森の外れに向かって歩きはじめた。

「笛を吹くつもりか？」

「そのつもりです」

フレーベの問いかけに、ナシェルは胸を張って答えた。

「大丈夫なのか？」

ナシェルはうなずいた。

自信はある。

万が一、間違っていたときには、堂々と竜と戦うつもりだった。

フレーベは押し黙ったまま、ナシェルの後についてきた。

ナシェルはあえて何も言わなかった。フレーベは、ドワーフである。死地に向かおうとする仲間を見捨てられるはずがないのだ。ついてこないよう頼んだとしても、聞き届けてくれるとは思わない。

ナシェルは、森が開けた場所に出た。

山火事か、それとも竜の吐く炎によって、木々が焼かれ、ちょっとした広さの草原になっている場所だ。そこから、昨日までナシェルが籠っていた岩山が見える。そして、その向こうには、風竜の棲む山頂が聳《そび》えている。

ナシェルは心を落ち着けて、竜笛を口に当てた。乳白色をした横笛である。竜の骨を材料に作られた笛だと聞いている。

笛の演奏は、ナシェルの得意とするところだ。だが、今は別に曲を吹く必要はない。

ナシェルは力強く、竜笛に息を吹き込んだ。

「音が、鳴らんぞ」

フレーベが言った。

確かに、ナシェルの耳にも自分が吹き込んだ息の音しかしなかった。

「人間の耳には、聞こえないだけだそうです」

笛から口を放し、ナシェルは言った。

竜の耳には、間違いなく届いているはずだ。その音に呼び寄せられ、竜はやってくる。

後は、待つだけだった。

だが、それも長くはなかった。

聞き慣れた咆哮が聞こえたかと思うと、上空から空色の鱗の竜が姿を現わしたのだ。

竜はゆっくりと羽ばたきながら、ナシェルのそばに降り立った。

フレーベが、緊張した面持ちで鉾槍を構える。

風竜の怒りは、ナシェルにもはっきりと分かった。ナシェルを睨《にら》みつける目が、険悪な輝きを帯びている。

竜が息をするたびに、硫黄の臭いが鼻をついた。喉が大きく膨らんでいる。

炎を吐こうとしているのだろうか。不死なる神の肉体さえ焼き尽くした灼熱の炎。この世で、もっとも高温の炎であるとされている。

「汝の呼びかけに、我が全身は震える……」

風竜は、不器用に口を動かし、下位古代語で言った。

「それは、苦痛なのだ！　死すべき定めの者よ」

竜が、吠えた。

その声に、ナシェルは圧倒されそうになった。

竜の咆哮には、聞いた者の魂を打ち砕く魔力があると聞いたことがある。

下位古代語を使うのだから、目の前の風竜は竜族の上位種、老竜《エルダードラゴン》ということだ。だが、
ナシェルは、その事実に何の感動も覚えなかったし、恐怖も感じなかった。

「そうだ。わたしは、おまえを呼んだ」

ナシェルも下位古代語で答えた。

「何故、我を呼んだのか？」

「おまえの力を、借りたいのだ」

「我が力を借りたいと！」

竜はふたたび吠えた。

背中に生えた透明に近い体毛が大きく逆立ち、鼻の穴からは黄色がかった煙のようなものが立ち上った。

「不遜《ふそん》だぞ！」

風竜の怒りは、今にも爆発しそうだった。

背後で、フレーベが一歩、足を踏み出したのを、ナシェルは気配で感じた。

「おまえの力を、借りたいのだ」

ナシェルは、同じ言葉を繰り返した。そして、

「その代わり、おまえに与えられるものがある」

と、付け加える。

「我に与えるものがある、と？」

竜が首を前に伸ばしてきた。その首は長く、ナシェルのすぐ目の前まで迫ってくる。

ナシェルを殺す気があるなら、炎を吐かずとも、一嚙みで終わるだろう。

だが、ナシェルは動じなかった。胸を張って、竜と向き合う。

「名前を、与えられる」

ナシェルは一度、呼吸を整えてから、高らかに言った。

卵から生まれるゆえ、竜には名がないのだ。

「そして目的だ。おまえに、その力を使う機会を与えよう。倒すべき相手を与えよう」

竜は弾かれたように首を持ちあげ、高所からナシェルを見下ろした。

静寂と沈黙が、しばし、辺りを支配した。

風竜の目から徐々に、憎悪の炎が消えていった。

「我が名は、何と……」

驚くほど静かな声で、竜は訊ねてきた。

喜びに震えるように、大きく広げた翼が小刻みに動いている。

ナシェルはもちろん、その問いに対する答を決めていた。

「渦巻く風《ワールウィンド》だ」

「戦うべき相手は？」

「魔神だ。邪悪なる異界の住人……」

ナシェルがそう言うや否や、風竜は首を真上に伸ばして高く吠えた。

その咆哮には、最初に吠えたときのような気圧される感じはなかった。天空の神々に向かって、感謝の祈りを捧げているかのようだった。

ナシェルは、知った。

今まさに、自分が竜騎士になったことを。

「そして、あなたのお父様は、捕らえた風竜を連れて、ハイランドのお城へ帰ってきた」

帰還してきたときのナシェルの姿を見て、ラフィニアは自分の目を疑ったのを覚えている。

髪も髭も伸び放題で、衣服や身体《からだ》も汚れるだけ汚れていた。

「不潔というしかない姿だったけれど、あの人の全身からは誇りと自信が溢れていたわ。その姿を見て、わたしはあの人のことが好きなのだと分かったの。美しさだけに惹《ひ》かれていたわけではないってね」

しかし、ラフィニアはその想いをナシェルに伝えることはできなかった。その頃の彼の心は、魔神を倒すことで一杯だったから。

すべては魔神との戦いが終わってからだと、彼女は思っていた。

しかし、ラフィニアとナシェルのそれぞれに縁談が舞い込んできたのである。

ラフィニアの相手は〝竜の炎《ドラゴンブレス》〟ハーケーンの皇太孫。ナシェルは、ハイランドの有力貴族の令嬢が相手である。

政略結婚である。断ることは、難しい。

「あなたのお父様以外の人と、わたしは結婚するつもりなんてなかった。だから、意を決して、あの人に想いを告げたの。あの人はひどく驚いたみたいだけど、とにかく縁談だけは、二人一緒に断ろうと言ってくれたのよ」

ラフィニアが父マイセンの言いつけに逆らったのは、そのときが初めてだった。しかし、ナシェルが隣にいてくれたので、少しも怖くなかった。

そして二人の願いを、マイセンは聞き届けたのである。

「あなたのお祖父様は、わたしの想いに気付いてくれたの。それなら、二人で一緒になれと言って、わたしたちのために領地と離宮まで用意してもらって……」

しかし、そのときナシェルは魔神が支配するスカード領に潜入していて、離宮で一緒に暮らせる日はなかなかやってこなかった。

「あの人が帰ってくるより先に、お客様たちが何人も離宮に訪ねてきたわ」

赤髪の傭兵ベルド、荒野の賢者ウォート、白き騎士ファーン、至高神の聖女フラウス。今では、ロードスを救った英雄と呼ばれている人々だ。ナシェルと一緒に、スカード領に潜入していたドワーフ王フレーベと大地母神の愛娘ニースの二人も、そう。

「信じられる？　そんな人たちが、あの離宮で一緒に暮らしたのよ。今となっては、まるで夢のようだけど……」

そしてナシェルは、間違いなくその中心にいたのだ。

その頃、魔神と戦っていたのはモスの連合騎士団であり、ナシェルもラフィニアも、英雄たちも、戦いを忘れて、平穏な時をしばし享受することができたのである。

「楽しい毎日だったけど、二人だけにはなかなかなれなかった。だから、領地の視察へとあの人を誘ったの……」

そして、あの忌まわしい事件が起きたのである。

# 魂の魔神

## 1

〝竜の目《ドラゴンアイ》〟ハイランドは緑豊かな国である。

エルフ族の大集落がある鏡の森を領内に抱え、国土の大半を占めるアルボラ山地の山々も木々が茂っている。

耕地や草原は、国土を南北に走る川の流れに沿った細長い平野に集中していて、農業や牧畜が営まれている。それらの土地も、また緑に覆われている。深い木々の緑とは異なり、柔らかな緑だ。

街道の両側に広がる牧草や穀物の畑を眺めながら、一組の男女が馬を並べて進んでいる。

スカードの元王子にして、今ではハイランドの竜騎士となっているナシェルと、正式な約束こそ交わしていないが、実質的には彼の許婚者《フィアンセ》であるハイランドの第一王女ラフィニアの二人だ。

二人は、ハイランドの同名の王都から三日ほど北にいった場所に与えられた自分たちの領地へ向かっている。

それ以前にもナシェルは辺境伯として領地を授かっていたのだが、ラフィニアとの縁組みを機に領地替えとなったのだ。もちろん、今度の領地の方が遥かに広い。

「領主になったのだから、領民にも顔を見せておかないと……」

ラフィニアがそう説得して、あまり気乗りせぬ様子のナシェルを連れだしたのだ。領地の経営など、魔神との戦が終わってからゆっくり考えればいいと思っていたのだろう。

しかし、魔神との戦いは今、モスの諸王国の連合騎士団が中心に進められており、ナシェルは従軍を願いでたが認められなかったのだ。

「妹は譲っても、手柄はこれ以上、譲れんからな」

本気とも冗談ともつかぬハイランドの皇太子ジェスターの言葉が、連合騎士団の騎士たちの心情をすべて物語っているのだろう。

手柄にしているつもりはないが、ナシェルがモスの騎士の誰よりも魔神と戦い、倒しているのは確かな事実だ。

ナシェルよりも魔神を多く倒している者がいるとすれば、南のドワーフ族の鉄の王フレーベか、百の勇者としてロードス諸国で魔神と戦ってきた赤髪の傭兵ベルドぐらいなものだ。

そしてその二人は今、ハイランドの王都にあるナシェルの館で暮らしている。人々からは、ナシェルの個人的な協力者として見られているのだ。彼らの他にも、ファーンやウォートといった英雄や賢者、そしてニースやフラウスといった聖女が、彼の館に滞在している。

勝利を優先に考えるならば、魔神との戦いに彼らが参加していないのは憂うべきことだ。だが、騎士には誇りというものがあり、それは時に命よりも大切になる。

ナシェルに今できることは、連合騎士団の勝利を祈ることだけである。

「心は、どこに置いてきたの？」

そのとき、ラフィニアの声がして、ナシェルは我に返った。

「連合騎士団のことを考えていた。彼らに武運があればいいと……」

ナシェルは、正直に答えた。

「本当ね……」

ラフィニアは暗い表情でうなずいた。

内心では苦戦は免《まぬが》れないのではないかと不安なのだ。狡猾で様々な特殊能力や魔法を使う魔神が相手では、騎士たちも勝手が違うはずだ。戸惑いから、思わぬ不覚を取ることもあろう。

「ジェスター兄様じゃなく、双子の兄様たちが従軍しているのなら、心配はいらないのだけれど……」

偉大なる父、マイセンの跡継ぎという重圧のためか、長兄のジェスターは英雄たろうとしすぎているようにラフィニアには見える。

退くことをよしとせぬ性格なのだ。敗戦になったときが、心配だった。

その点では、フロイとリーゼンの双子の兄のほうが遥かに要領がよく、たとえ騎士団が全滅したとしても、二人だけは生きて帰ってきそうな気がする。

（ナシェルは、どうなのかしら？）

ラフィニアは、つい自問してしまう。

人を見る目には自信があるほうだが、ナシェルに対してはもはや冷静な判断は下せなくなっている。どこに行くにしても帰ってこないのではと心配するだろうし、どこへ行こうとも帰ってきてくれると信じることもできそうだ。

完全に矛盾しているが、それが正直な気持ちだった。

「ところで、領地はもうすぐなの？」

ナシェルに笑いかけられて、ラフィニアははっとなる。

「ごめんなさい……」

話しかけておいて、自分のほうが心を置き忘れてしまっては、まったく意味がない。

「仕方がないよ。連合騎士団の戦いには、モスどころかロードスの運命がかかっているのだものね。連合騎士団が敗れるようなことがあれば、魔神方に寝返ろうとする国が出てくるかもしれない。この戦いを、モスの過去の内戦と同じと考えてね」

「そうでしょうね……」

ラフィニアも、モスの一国の王女である。そういった歴史が繰り返されてきたことは身に沁《し》みて知っている。たとえば〝竜の爪《ドラゴンクロウ》〟レントンとは最近でこそ同盟を結んでいるが、以前はかなり激しく争ってきた間柄だ。

マイセンという傑出した国王がハイランドに現われて、戦うことの愚かさを悟ったレントンの先王が、高原の宝石と讃えられていた第一王女をマイセンのもとに嫁がせて、同盟を求めたのである。すなわち現在のハイランド王妃であり、ラフィニアたちの母、ウィランである。

しかし、ハイランドの勢力が衰えれば、レントンとの関係はふたたび悪化するかもしれない。

現に、スカードでの魔神との戦いの後、竜の盟約が破棄され、ハイランドが孤立したときには、レントンは中立とも取れる行動に出ている。

いきなり敵対しないところが、レントンの外交のしたたかさと言うべきだろう。

「領地はもうすぐそこよ。魔神との戦を忘れることはできないけど、領民の前に難しい顔で出てゆくわけにはゆかないわね」

ラフィニアの言葉に、ナシェルは相槌を打つ。

求めて授かった領地ではないにしても、領民を大切にすることは領主としての務めである。

「その領地は、これまで国王の直轄地だったの？」

ナシェルに問われて、ラフィニアはうなずいた。

「お父様は最初から、わたしにくださるつもりだったみたい。ハイランドの騎士と一緒になったなら、新しい家を興せるようにね」

マイセンの娘に対する優しさを、ナシェルは強く感じた。

彼女が誰と一緒になっても、その結婚相手には領地と爵位を与えるつもりだったのだろう。騎士のなかには領地を持たない者もいるし、領地がある家に生まれても相続権のない場合もあるからだ。

「それで、誰がその領地を今まで治めていたの？」

国王の直轄地の場合、村長が領主の代わりを務めることもあるし、文官や商人を税吏として任命することもあるし、国王直属の騎士を領主代行として派遣することもある。

「近衛騎士のハイゼルが、お城を預かっているわ。今度の領地は、北の国境の守りでもあるから……」

「ニアは、その近衛騎士のことを、よく知っているの？」

近衛騎士の名を言うとき、ラフィニアが一瞬、嬉しそうな表情をしたのを見て、ナシェルが微笑みながら訊ねた。

「三年前まで、わたしの身辺護衛を務めてくれていたの。わたしは、ほらお城の外にもよく出かけたから……」

「迷惑をかけていたわけだね？」

「そんなこと、覚えていません」

ラフィニアは不満そうな表情になる。

三年前といったら、まだまだ子供である。迷惑をかけていないはずがないのだ。それぐらい察してほしいと思うが、ナシェルはたぶんその年齢の頃から利発だったに違いない。

ラフィニアは小さくため息を洩らして、気分を切り替えた。そして、ふたたび笑顔に戻り、ナシェルの顔を見つめる。

考えてみれば、こういう他愛のない話題で口論をするのも、初めてのことだ。二人の関係が自然になってきている証《あかし》のようでもあり、嬉しく思える。

「わたしは、魔神との戦いで領地には帰れないだろうから、その近衛騎士には、これまで通りに村の領主を代行してもらわないとね。マイセン王が、わたしに預けてくださるのならだけど……」

「お父様からは特に伝言はないから、そう理解していいはずよ。ハイゼルの統治に問題があるとの噂も流れていないから……」

「それは心強いね」

ナシェルはつぶやく。

それでこそ、心おきなく魔神との戦いに専念できるというものだ。

そのうえで、もしも自分の武運が尽きていなかったら、領地の経営に専念してもいい。ナシェルには、スカード特産の麦酒《エール》の醸造に関する知識がある。大都市ライデンに近いこともあって、領地と領民を富ませるのは難しくはない。

だが、そんなことにはならないだろうという予感もある。

魔神たちを滅ぼしても、戦争が終わるという気がしないのだ。それほどに、現在のロードスに生じている歪みが大きい。それを正すには、認めたくはないが、戦という手段に訴えるしかなさそうなのだ。

（ロードスを統一するための戦いになるかもしれない）

それを思うと、ナシェルの気は沈む。

彼自身が、その中心にいるような気がしてならないからである。

（邪念だぞ）

ナシェルは、自らに言い聞かせた。

すべては魔神を滅ぼした後のことだ。それからのことは、そのときになって考えても、十分に間に合うのである。

「笑顔を忘れないでね」

ふたたびラフィニアに窘《たしな》められ、ナシェルはその言葉に従った。もっともそれは、苦笑でしかなかったが……

2

ナシェルとラフィニアが、領地に到着したのは、それから間もなくのことだった。

昼と夕方の中間の時刻で、人々はそれぞれの仕事で忙しく働いていた。

しかし、ナシェルたちの姿を認めると、皆、仕事の手を休めて、丘の上に建つ小さな城の前庭に、ぞろぞろと集まってきた。

騎士見習いの一人を先触れの使者として派遣してあるので、領民たちは新しい領主が来ることは知っているのだ。

ナシェルとラフィニアは、先刻の会話のとおり、笑顔を浮かべて領民たちに挨拶を送った。

しかし、人々は気がなさそうに会釈を返してくるだけで、誰一人、笑顔を見せず、言葉も発しなかった。

「歓迎されていない様子だね」

ナシェルは、ラフィニアのほうに馬を寄せて、小声で話しかけた。

彼女ももちろん、そのことに気付いていた。そして、ひどく衝撃を受けていたのである。

「前に来たときには、こんな感じではなかったわ。そのときは、まだ子供だったけど……」

父、マイセンの視察に従ってのことである。そのときには、領民たちから大変な歓迎を受けた記憶が残っている。

「歓迎されてないのは、わたしだろうね。この村では、ハイランドの竜騎士ではなく、スカード王の息子として受け取られているのかもしれない」

「そんなこと……」

ラフィニアは青ざめた顔になる。

ハイランドの国内で、このような出迎えを受けたことがないので、どう対応していいのか、彼女にはまったく分からなかった。

「時間をかけて、理解してもらうしかないだろうね」

ナシェルは言って、城門に視線を向けた。

鉄板で補強された分厚い木製の扉が開いて、儀礼用の甲冑に身を固めた一人の騎士が、姿を現わしたからである。

領主の代行をしていた、近衛騎士のハイゼルであろう。騎士にしては比較的、若く、ナシェルより二つか三つほど年長に見えた。

褐色の短い髪や日焼けした肌など精悍《せいかん》な印象を受ける。

その後から、先触れの使者として派遣しておいた騎士見習いの少年が、神妙な顔をして続いている。

「ようこそ、お出でくださいました。ラフィニア様、ナシェル様」

騎士は二人の前でかしずくと、恭《うやうや》しく挨拶した。

ナシェルたちは馬から地面に降り立ち、それぞれに挨拶を返す。

騎士見習いの少年が、二人の馬の手綱《たづな》を取って、馬屋へと連れてゆく。

「これは、いったいどういうことなのです？　歓迎しろとは言いませんが、領民たちの態度はあまりにも無礼ではありませんか？」

「申し訳ありません……」

厳しい口調でラフィニアに詰問《きつもん》され、ハイゼルはうなだれるように頭を下げた。

「一昨日、魔神が領内に姿を現わしまして、村人たちは怯《おび》えておるのです」

「魔神が？」

ナシェルとラフィニアは、思わず顔を見合わせる。

「わたくしが、退治いたしました」

「それはお手柄でした」

ナシェルが労《ねぎら》いの言葉をかける。

一人で魔神を倒せるということは、相当な腕前の持ち主である。

「その魔神が息絶えるとき、ナシェル様のことを、裏切り者と叫んだのです。そしてナシェル様が領主であるかぎり、魔神は魔神はこの村を標的として狙いつづけると……」

騎士ハイゼルの説明を聞いて、ナシェルは、村人の態度にようやく納得がいった。

しかし、謎もある。

魔神が、ナシェルの命を直接、狙ってきたことはこれまでなかった。いや、彼だけではない。

暗殺という手段を、魔神が使ったことはないのである。

例外というべきは、鏡像魔神《ドッペルゲンガー》が白き騎士ファーンの姿を盗んで、ヴァリス王国の至宝〝聖なる武具〟を盗みだしたことと、ノービス公ゲイロードを殺害して、入れ替わったことぐらいであろうか。

この村を拝領したことも、どうして知ったのかと思う。

「そこまで、魔神がこのわたしに注目していたとはね」

光栄だよ、とナシェルは苦笑を洩らした。

しかし考えてみれば、ナシェルはスカードの王城を単身、襲撃したり、スカード領に潜入したりと、様々に挑発している。魔神か、あるいはスカードの騎士の誰かが、その挑発に乗ってきたのかもしれない。

「恐れながら、領民たちは、ナシェル様に御領地を返上していただきたいと考えております」

「なんですって！」

騎士ハイゼルの言葉を聞いて、ラフィニアが顔色を変える。

「そのようなこと、できるはずがないでしょう。この領地を統治する能力がないと自ら宣言するようなものなのですよ」

凜《りん》とした口調や態度には、王女の威厳が満ちていた。

大人しいだけの少女でないことは、ナシェルは承知していたから、別に驚きはしない。昔の彼女を知っている近衛騎士も、さほどには動じなかった。

「領民の気持ちをお伝えしたまでです。そしてわたくしはこれまでこの領地を預かってきた者として、領民の安全こそを大事と考えております」

畏《かしこ》まりながらも、ハイゼルは言葉を続けた。

「分かりました」

なおも何かを言おうとするラフィニアを制して、ナシェルは穏やかな声で言う。

「王都へ帰って、陛下にお願いしてみましょう。いずれにせよ、わたしは魔神を滅ぼすまで、領地には戻れません。そして魔神どもがいなくなれば、何も問題はなくなるわけですから……」

領主であるからには、領民を守る義務が生じる。だが、ナシェルとしては、千戸ほどの領地を守るためだけに、動きが制限されるのは本意ではない。それぐらいなら、たとえ無能と誹《そし》られようと、領地など返上したほうがましだ。領民も、それを望んでいるのである。

「ナシェル……」

何かを訴えかけるような表情で、ラフィニアがナシェルを見つめる。

「とにかく、今夜ぐらいは、お城で休ませてもらおう。今宵《こよい》、魔神が襲ってきたら、わたしにも戦う機会があるわけだからね」

かまわないねと、ナシェルはハイゼルを振り返って声をかけた。

「もちろんです。この城は、御領主様のものですから」

ナシェルはうなずくと、まだ不満そうにしているラフィニアに目で合図を送り、城のなかへと入っていった。

3

城に入ったナシェルたちは、近衛騎士のハイゼルに案内されて、三階の一室に通された。

正式な領主のための部屋で、誰も使っていない様子だった。だが、調度品などは一通り用意されていて、掃除も行き届いている。

奥の部屋は寝室になっていて、天蓋つきの寝台がふたつ並べてある。

二人っきりになるなり、ラフィニアは目に涙を浮かべて、ナシェルの胸に飛びこんできた。

「嫌な思いをさせてしまったね」

ナシェルはラフィニアの肩をそっと抱いて、優しく声をかけた。

「あなたは悔しくないの？　このままでは魔神に脅されて、逃げ帰ったと誹られるわ。ここはハイランドの領土であって、魔神の領土ではないのよ」

「悔しいというより、困っているよ。領地を返上するのは構わないのだけれど、わたしをこの村の領主に任じたのは、マイセン王だからね。村人たちの訴えは、王国に反逆しているようなもの。認められるはずがない」

「当たり前よ。非道を働いたというのなら、領主を訴えるのにも理由がある。だけど、あなたは何も悪くないわ。魔神にとって、あなたが脅威だからこそ、このような姑息《こそく》な手段を使ってくるのではないの。それは、魔神と戦う者にとって、誉れではなくて？　領民たちの発言は、人間としての誇りを捨ててるも同然だわ。それなのに、ハイゼルまでが当然のように、あなたに無礼を言って。本来なら領民たちを説得して改心させるのが、領主代行としての務めだというのに……」

「まあ、気持ちを鎮めて」

ナシェルはそう言って、ラフィニアの額《ひたい》に軽く口づけした。

（鎮まるはずがない……）

ラフィニアは心のなかで答えたものの、今は二人きりということを思い出して、ナシェルの胴に手を回して、細く見えるが意外にたくましい彼の胸に頰を寄せていった。

そうするだけで、不思議に気分が落ち着いてくる。

この若者さえいれば、他には何もいらないのだということを、彼女はあらためて意識した。

「……落ち着いたわ」

しばらくそうした後、ラフィニアは顔を上げて、ナシェルに微笑みかける。その言葉に偽りはなく、先刻まで乱れていた心が、嘘のように晴れていた。

「それはよかった」

ナシェルは微笑んで、短くラフィニアと唇を合わせる。

予想していなかったらしく、金髪の少女は目を閉じるのも忘れて、すぐ目の前にある若者の端整な顔を見つめる。

「ベルド様が仰ってらしたわ。ナシェルは女性の扱いが上手だって」

ため息を洩らしながら、ラフィニアは言った。

(気難しい妹がいたせいかな)

ナシェルは思ったが、それは言葉にはしないでおいた。

そして長椅子のところへ場所を移し、ラフィニアを手招きして並んで座る。

「それで、どうするの？　このままには、しておけないでしょ」

「向こうの意図が分からない以上、どのように対処すればいいか、見当もつかないね。ウォート師がいてくれたらと思うよ」

ナシェルから返ってきた言葉に、ラフィニアは軽い罪悪感を覚えた。

領地の視察というのは名目で、実際にはベルドやウォートたちから離れて、二人っきりになりたかっただけなのだ。

「わたしの命が目的なら、直接、襲ってくるだろう。立場を悪くしたいのかもしれないけれど、たかだか千戸ほどの村人から拒絶されてもね」

一時のナシェルは、モス全土を敵に回していたのである。だが、その汚名はすでに晴れて、今では天空の騎士と讃えられている。その名誉をふたたび失墜させるには、魔神の超越した能力をもってしても難しいはずである。

「あなたをただ苦しめたいのなら、わたしが狙われるということもあるのかしら？」

「冗談でも、そんなことは言わないでくれないか。それこそが、わたしがもっとも恐れていることだよ。わたしと一緒に暮らしたために、君が失われるようなことになったら、それこそわたしは魔神と刺し違えるしかなくなるもの」

「それは、責任重大ね」

ラフィニアは幾分、嬉しそうに言った。

彼女としては、まさにそう答えてほしかったのだ。

「あなたが留守のあいだは、これまで以上に用心します。だから、ナシェルは安心して魔神と戦って」

「お願いだよ」

ナシェルは答えて、ラフィニアの膝に軽く手を置いた。

「あるいは、今度のことを指図しているのは魔神ではなく、スカードの騎士かもしれない。彼らとしては、わたしが君と一緒になってハイランドに領土を持つことは重大な裏切りに見えるだろうから」

スカードに潜入して知ったのだが、魔神たちに命令を下しているのは、今のところスカード王ブルークであり、帰還したスカードの騎士たちである。しかし、スカードの騎士のなかには、そのことに疑問を覚える者が増えつつある。騎士たちにはそれぞれ、護衛の魔神がついているのだが、それはおそらく彼らを監視しているのだ。

その事実は、スカードが偽物か、本人の意志では動いていないことの証拠だと、ナシェルは考えている。

「スカードの騎士たちは、今でもナシェルに帰還してほしいと思っているの？」

「そのようだね。しかし、わたしには、その意志はない。そしてスカードの騎士たちにも、はっきりと伝えている。魔神に与《くみ》する者は、わたしの敵であるということを……」

実際、スカードに潜入したときには、スカードの騎士を一人、手にかけている。その騎士は、魔神の力に魅せられでもしたか、ロードス全土を征服しようという、愚かな野望に取りつかれていた。

「そう考えると、辻褄《つじつま》が合っていそうだけど……」

「あくまでも推測だからね。早計な判断は禁物だよ。それに、気になることは、他にもあるしね……」

「気になること？」

「わたしがここに来たことで、向こうが動いてくれたらいいのだけれど……」

ラフィニアの問いにはあえて答えず、ナシェルはひとりごとのように続けた。

「そう都合よく、動いてくれるかしら？」

ラフィニアは言って、小首を傾げる。

「分からない。だが、わたしたちが領地に来る直前に、魔神は行動を起こしているだろう。先触れの使者が、この村に到着している日と、おそらく一致しているはずだよ。それが、はたして偶然なのか……」

「アドルはまだここにいるのだもの、訊ねてみればいいわ。魔神の姿を見たかもしれないし、領民やハイゼルの様子も教えてほしいもの」

ナシェルが預かっている騎士見習いのアドルは、家柄こそさほどではないが、とても利発な少年で、将来は立派な騎士になるに違いないとラフィニアは思っている。

彼は今、馬屋で二人が乗ってきた馬の手入れをしているはずだった。

それが終わるのを待ってはいられないというように、ラフィニアは立ち上がった。

ナシェルは微笑みながら、彼女にうなずきかける。その容姿から物静かな少女と思われることが多いが、意外に行動的な性格なのである。

今の二人の関係があるのも、彼女の大胆な行動があればこそだ。

小走りに去ってゆくラフィニアを笑顔で見送ってから、ナシェルは表情を引き締めて、立ち上がった。

「無駄な時間は使いたくない。ここは強引な手段を取らせてもらおう……」

そして、ナシェルは近衛騎士のハイゼルを訪ねると、領民の代表を村の宿屋に集めるように依頼したのである。

間もなく日が沈む。

魔神たちが跳梁する時間であった。

## 4

村の宿屋は村の南の入口近くの、街道に沿った場所に建っていた。

その一階は食堂となっていて、一階の奥と二階に二十ばかりの客室がある。百人ぐらいが、最大、宿泊できるだろうか。商業都市ライデンとモスを結ぶ主要な街道にあり、普段なら大勢の客で賑わっているだろう。

しかし、魔神との戦いが繰《く》り広げられているモスを訪ねようとする者は少なく、その日は誰も宿泊客がいないとのことだった。

ナシェルにとっては、そのほうが都合がいい。たとえ噂でも、この村で問題が起きていることを外に広めたくはないのである。

保身のためではなく、領民のことを思ってだ。

十卓ほどの食卓が並んでいる食堂に、村の代表が十数人集まっていた。

ナシェルは、ラフィニアを伴って、いちばん最後に部屋に入ってきた。

そして村人たちをぐるりと見回す。

誰もがうつむいて、ナシェルたちと視線を合わそうとはしない。まるで邪眼の持ち主になったような気がした。

ナシェルはラフィニアと目で合図をすると、大きく息を吸い込んだ。

そして、

「結論から言おう！」

と、これ以上ないほどの大声で言った。

びくりとして、村人たちの何人かが顔を上げる。その場にいる全員が固唾《かたず》を飲んで、新しい領主の次の言葉を待つ。

「わたしはマイセン王に命じられて、この村の領主となった。おまえたちが何と言おうと、わたしはこの地位を捨てるつもりはない。王命に従えぬという者は、ハイランドに対する反逆者と見なす。厳しく罰するから、そう心得よ！」

ナシェルは、叩きつけるように言った。

そして踵《きびす》を返し、床を蹴り破るような勢いで、部屋の外へと出た。

ラフィニアは無言でその後に続いたが、部屋を出るときに、村人たちの方に悲しみに満ちた視線を向ける。

「あなたたちには失望いたしました。ハイランドの王女として、この日のことをわたしは生涯、忘れません」

そう言い残して、ラフィニアも宿屋の食堂を後にした。

そして二人は宿屋も出て、城への帰路についた。

「あれで、よかった？」

しばらく歩いたところで、ラフィニアが悪戯《いたずら》っぽい笑みを浮かべて、ナシェルに訊ねた。

「上出来だったよ。役者としても、ニアは食べてゆけるだろうね」

ナシェルも冗談めかして応じた。

「でも、彼らはどう思ったかしら。大切なのは魔神の恐怖から、彼らを解放することなのだから」

「それは覚悟のうえだよ。あなたのことを恐れたり、憎んだのではない？」

ナシェルの言葉に、ラフィニアはうなずいたが、心のなかには寂しさが残った。

「とにかく、これで手は打った。あとは向こうが動きだすのを待つしかない」

「魔神は、動くかしら？」

「さて、どうかな」

ナシェルは自問するように言った。

そして、

（動くのが、魔神だけならいいのだけれど）

と、心のなかで続ける。

その後、二人は無言で歩いて、夕闇のなか黒く浮かびあがる城へと入っていった。

そのとき宿屋の食堂では、騎士ハイゼルを囲んで、村の代表たちが激論を交わしていたのである。

「あの竜騎士様が領主でいるかぎり……」

村長を務めている老人が、落ち着いた声で言った。

「魔神は、何度でも攻め寄せてくると言った。それは皆が、聞いたことだ」

老人の言葉に、その場にいる村人の全員が相槌を打った。

「あの若者は、この村に留まるつもりはないと言った。そんな男がどうして領主と言える」

雑貨商の店主が椅子を蹴るように立ち上がって、拳を振るう。

魔神と内通しているとの噂もあったぞ、と誰かが叫ぶ。

そのせいで、ハイランドはモス地方のすべての国と戦いになった、と。

「わしらの領主は、三年前からハイゼル様だと思っていた。これまで、本当によくしてくださった、山から降りてきた妖魔も蹴散らしてくれた。恐ろしい魔神も討ち果たしてくださった」

村の郊外に土地を持つ農園主が、興奮した声で意見を述べた。

「王様は昔、我らに仰った。この村は、ラフィニアに譲るつもりだと。王女様を妃とされる騎士が、この村の領主になるかもしれないと。ハイゼル様がこの村に来たとき、このお方こそが姫様のお相手だと、わしは思った。王様と御一緒だったときには、あれほどに慕ってらっしゃったのだから。そして、わしはそう願っておった」

農園主の言葉を聞いて、騎士ハイゼルは静かに目を閉じる。その瞼《まぶた》の裏に、三年前のラフィニアの姿が浮かぶ。その頃の彼は十七歳、騎士見習いの頃から、いつも王女の側にあった。王女が他の誰よりも自分に甘えてくれたのも事実だ。自分の主君はマイセン王ではなく、王女だと自らに命じていた。そしてその思いは、今も変わっていない。

「しかし、あの竜騎士をこの村の領主に任じたのは、他でもない王様なのですよ」

「竜騎士と言えば、この国の守護神も同じだ。しかも、あのお方は野生の竜を手懐けたと聞いています」

村人たちのなかで比較的、若い二人が立ち上がって、それぞれに発言した。

「野生の竜を……」

人々はどよめき、互いに顔を見つめあう。

「しかし、あの竜騎士を領主に迎えれば、魔神の襲撃が続くのだぞ」

「竜騎士とは言っても、元はスカードの王子ではないか？」

「あの方の母君は、マイセン王の妹エリザ様であったはず。ハイランド王家の血が流れているのは間違いない」

村人たちは口々に叫び、宿屋の食堂は喧噪《けんそう》に包まれた。

「静かにせんか！」

村長が一喝し、人々を鎮める。

「わしらは、いったいどうすればいいんだ？」

農園主が全員の意見を代表するように、村長に訊ねた。

村長はしかし、首を横に振り、腕組みをしたまま瞑目を続けている騎士ハイゼルに呼びかけた。

「教えてくだされ。わしらは、あなたの考えに従いたい」

ハイゼルはゆっくりと目を開けて、その場で立ち上がった。

「わたしは騎士なのだ。あなたがたを守る義務もあるが、王命にも従わねばならん」

苦悩に満ちた顔で言うと、ハイゼルは鉄靴を響かせて、部屋を後にした。

取り残された村人たちは、ふたたび顔を見合わせる。

そして多くの者が、深いため息をついた。

5

城に戻り、簡単な夕食を、騎士見習いのアドルとともに食した後、ナシェルとラフィニアは自分たちの部屋へ上がり、木窓を開くと宿屋のある方角を並んで見つめていた。

ナシェルは城の武器庫から身体にあった鎖鎧を身に着けていた。そして剣と楯は、長椅子のところに置いてある。

「まだ、明かりがついている……」

宿屋の一階から光が洩れているのを見て、ラフィニアがつぶやくように言う。そして、話し合いはまだ続いているのでしょうね、と続けた。

「彼らとしては、なかなか結論の出ない議題なのだろう」

それほど、ハイゼルは領民から認められているということだ。魔神の軍団を率いる者の実子が、それに代わろうとしている。彼らには、そのように思われるのだろう。

「それにしても、国王が任じた領主を辞めさせようなんて……」

ラフィニアが信じられないというように、小さく首を横に振る。

「それも、魔神との戦のせいだよ。人々は魔神の影に怯えて、普段では考えもしないような行動にでる」

「早く、戦が終わればいいのに……」

「終わらせたいね」

ラフィニアに答えて、ナシェルは連合騎士団と魔神との戦いにしばし思いを馳《は》せた。

その戦場に、自分がいないことがもどかしい。そしてベルドやファーンが従軍していないことも悔やまれる。

そのせいで、何人もの若い騎士が無駄に命を落とすことになる。フラウスやニースがその場にいれば、大勢の怪我人が癒《いや》しの奇跡を受けられるはずなのだ。

「ままならぬことが多いな……」

ナシェルは片手の拳を握りしめると、もう片方の手の平に叩きつけた。炎のなかで薪が爆ぜたような乾いた音が響き、ラフィニアがびくりと肩を震わせて、ナシェルを見つめる。

「どこにいても、あなたの瞳は魔神を映しているのね」

寂しそうに、ラフィニアは言った。

「魔神が、このロードスから消え去らないかぎりはね」

「早く、戦が終わればいい……」

ラフィニアは先ほど、言ったばかりの言葉をふたたび繰り返した。

この先、自分は何度もこの言葉を繰り返すことになるのだろう。この城で、二人でゆっくりと過ごす日々が訪れるのか不安になる。

休暇のつもりでやってきたのに、まさかこんな事件が起こるとは思いもしなかった。ナシェルと魔神の因縁《いんねん》の深さを思い知らされる。

そのときだった。

騎士見習いのアドルが扉を叩くのも忘れて、部屋に駆け込んできた。

少年を預かる者として、ラフィニアは彼の無礼を叱責しようとしたが、それよりも先にナシェルが動いていた。

「現われたか！」

そう叫ぶと、長椅子のところに置いてあった、剣と楯とを摑む。

「ハイゼル卿が向かっておられます」

「分かった」

ナシェルはうなずくと、部屋を飛びだしてゆく。

「御一緒いたします」

アドルもまた、騎士見習いに許されるかぎりの武装をしていた。

「ラフィニアは、ここで待っていて」

「承知しました」

ラフィニアはうなずくと、御武運をとナシェルに声をかけた。

しかし、そのときには彼女が愛する若者は、部屋を飛び出していたのである。

騎士見習いのアドルを引き連れて、ナシェルは夜の闇を駆けた。

そして、宿屋の近くの空き地で、近衛騎士のハイゼルと魔神とが対峙している現場に到着する。

醜悪な姿の魔神であった。

頭は髑髏《どくろ》で、右手は肘の先から鎌になっている。これで、黒い長衣でも着せれば、伝説で語られる死神の姿も、同然だった。

その魔神のことを、ナシェルは知っていた。実物を見るのは初めてだが、書物で知識を得ていたのである。

「魂の魔神《ガランザン》……」

ナシェルは、つぶやく。下級の魔神《レッサーデーモン》のなかでも、もっとも恐るべき相手だった。肉体や魔法の能力もさることながら、ある特殊な能力を秘めている。

「二日前に襲ってきた、魔神と同じなの？」

騎士見習いの少年を振り返って、ナシェルは訊ねた。

「は、はい」

魔神の姿に圧倒されながらも、少年は二度、三度とうなずく。

「やはり、な」

ナシェルはうなずくと、ハイゼルを援護するため、剣と楯とを構えて魔神の背後に回ろうとする。

その瞬間であった。

魔神が動き、ハイゼルもそれに応じた。

そして、次の瞬間には、魔神の首は闇に舞っていたのである。

鮮やかな一撃であった。

その対決を遠巻きにうかがっていた村人から、悲鳴にも似た歓声があがる。

剣を収めながら、ナシェルはつぶやく。だが、その瞳は、短剣の刃のように細くなっていた。

「見事なものだな……」

「ハイゼル様が、またも魔神からこの村を救ってくださったぞ！」

興奮したように、村人の一人が叫ぶ。

その声に刺激され、村人たちはハイゼルの名を口々に叫ぶ。

「ハイゼル様こそが、この村の領主に相応しい！」

誰かが、叫んだ。

その場にいる全員が、今の言葉を支持するかのように、漆黒の夜空に向かって、拳を突き上げる。

「ハイゼル様こそ、我らが領主だ！　スカードの王子は、スカードに帰れ!!」

その言葉を、領民たちは繰り返して、最後には全員の合唱になる。

「それが、あなたがたの答というわけか……」

ナシェルは皮肉めいた笑みを浮かべ、騎士ハイゼルのところへ歩いていった。そして地面に膝を着いて、魔神の死体を確かめる。

「お見事でした」

ふたたび立ち上がって、ナシェルはハイゼルに声をかけた。

「領地を預かる者として、義務を果たしたまでです」

恭《うやうや》しい答が返ってきた。

しかし、そのときにも、村人たちは連呼を続けている。ハイゼルこそが、領主に相応しいと。

スカードの王子は、スカードに帰れと……

(スカードには、もちろん帰る)

村人たちの連呼に、ナシェルは心のなかで応じた。

(しかし、それは魔神を滅ぼすためだ)

ナシェルは、そして村人たちを見回した。

人々はナシェルとハイゼルを取り囲むように、輪になっていた。そしてその輪を次第に縮めてくる。先ほどの言葉を連呼しつづけたまま……

「あなたがたの意志は分かった！」

人々に向かって、ナシェルは大声を上げた。

その迫力に、村人たちはびくりとなって、声を静める。

「明日、この場にもう一度、集まってくれ。そこで、ふたたびわたしの答を明らかにしよう」

そう言って、ナシェルは硬い表情のハイゼルを振り返った。

「あなたにも、同席していただきます。この村の領主として」

その言葉に、村人たちのあいだから歓声が湧き起こる。

「承知いたしました……」

慇懃《いんぎん》な態度と口調で、ハイゼルは答えた。

ナシェルはうなずくと、騎士見習いの少年に目で合図を送り、ラフィニアの待つ城へと、帰路についたのである。

6

窓の外には、すべてを飲みこむような闇が広がっている。

その先に、篝火《かがりび》の炎が見える。

魔神と対決した場所に集まったまま、解散もせず、歌を唄っている。そのまま、明日になるのを待ち、領主の言葉を聞くつもりなのだ。

「これでいいのだ……」

苦渋に満ちた表情で、近衛騎士ハイゼルはつぶやいた。

「これで、領民は救われる。そして……」

(そうだ、それでいい)

心のなかで、いや、魂の奥底から答える声がある。

ハイゼルは、その声を拒絶するかのように、激しく頭を振る。

そのとき、扉を叩く音がして、ハイゼルは身を硬くした。

城の一階に、今、彼はいる。隣の部屋では、騎士見習いの少年が休んでいて、二階上にはハイランドの王女とスカード出身の竜騎士が滞在している。

ハイゼルは扉のところへ歩き、無言でそれを開いた。

薄暗い廊下に、純白の衣装を着た少女が立っていた。その姿を見て、ハイゼルは思わず息を飲む。

「ラフィニア様……」

掠《かす》れたような声で言って、ハイゼルは脇に寄り、ハイランドの第一王女のための道を作る。

「入らせていただきます」

ラフィニアは静かに言うと、部屋のなかに入ってきた。そして、部屋の中央に空いている椅子を見つけると、そこに腰を落ち着ける。

「こちらへ」

微笑みを浮かべて、ラフィニアは子供時代に実の兄のように慕った近衛騎士に声をかける。

その微笑みに魅入られたように、ハイゼルは彼女のところへ歩み寄る。そして石の床にひざまずいた。

「お美しくなられて……」

「ありがとう」

ハイゼルの声を遮《さえぎ》るように、ラフィニアは言った。

「あなたは、何年も前から言ってくれましたね。わたしが、お母様のように美しくなると」

子供の頃のラフィニアは髪も短く、双子の兄のすることを真似て、剣を振ったり、馬に乗ったりしていた。そして怪我をしては、父や母に叱られたものだ。

ハイゼルたち護衛の騎士は、気が気ではなかっただろう。

「この度のことは、なんと申し上げていいか……」

ハイゼルは、畏《かしこ》まって言った。

そのことを、彼女は話に来たのだろうと思ったのだ。

しかし、ラフィニアは笑顔で、その言葉を制する。

「ナシェル様は、決意をされたようです。わたしはただ、あなたと話したくてここに来たの。久しぶりの再会だもの」

ラフィニアはそして、顔を上げるようにとハイゼルに言った。

その言葉に、騎士ハイゼルは安堵の表情を浮かべて、美しい娘に成長した王女を見つめた。

だが、その表情がすぐにこわばる。

彼女が、スカード出身の竜騎士の許婚者であることを思い出したのだ。

「恐れながら申し上げます」

ふたたび頭を下げて、ハイゼルが言う。

「あの竜騎士との、ナシェル卿との御婚約を解消してください。そうでないと、ラフィニア様の身が……」

「わたしの身が、危ないというの？」

ラフィニアは穏やかな声でハイゼルに訊ねる。

「魔神が、そう言ったのね」

近衛騎士はうなだれるように、首を縦に振った。

「そのとおりです。スカードの王子にかかわる者は、すべてその命を奪うと……」

「あの人の許嫁として殺されるなら、本望というものだわ」

ラフィニアは、ハイゼルから視線をはずすと、独り言のようにつぶやいた。

「ラフィニア様！」

王女の言葉に、近衛騎士は顔色を変える。

「魔神を甘く見てはいけません！　あの異界の住人たちは、言葉どおりに実行いたします」

「魔神殺しの、あなたが、そんなことを言うの？」

「魔神と戦った者であればこそです」

苦渋に満ちた表情で、騎士ハイゼルはラフィニアに答えた。

「わたしは、ここの領民たちとは違います。魔神など、少しも怖くはありません。もしも魔神が現われたら、そう伝えればいいわ。わたしを殺せるものならば殺しなさいと。わたしは決して逃げません。魔神を滅ぼすと誓う、あの人の妻になるのだもの……」

決意に満ちた声で言うと、ラフィニアはゆっくりと椅子から立ち上がった。

「姫様！」

ハイゼルはその場で平伏すると、ナシェルとの婚約を解消するようにと重ねて言った。

「わたしは、あの人のことを心から愛しているの。何があっても、その気持ちは変わらないわ」

宣言するように言って、ラフィニアは扉へと動いた。そして扉を開けてから、平伏したままのハイゼルを振り返る。

「昔のあなたはとても頼もしくて、わたしはどこへでも安心して行くことができた。でも、あなたは変わってしまったのね……」

そう言うと、ラフィニアは走るように、ハイゼルの部屋を後にした。

「ラフィニア様！」

弾《はじ》かれたように立ち上がって、ハイゼルはハイランドの第一王女を呼び止めようとした。

しかしそのときには、彼女の姿はすでになく、薄暗い廊下の向こうに、冷たい石の壁が見えるだけだった。

「すべては領民のためなのです。そしてラフィニア様の……」

ハイゼルはつぶやくと、まるで彫像のようにその場に立ちつくした。

いつまでも、いつまでも……

螺旋状《らせんじょう》になった城の階段を駆け上がると、ラフィニアは愛する若者が待つ部屋に飛び込んだ。

そしてそのまま、ナシェルの胸に飛び込んでゆく。

「ニア……」

何も言おうとはせず、ただ涙を流しつづける少女を、ナシェルは優しく抱きしめた。

彼女の行動こそが、すべての答であった。

決意しなければならないことを、ナシェルは知った。

明日、村人の目の前で、すべてに決着をつけることを……

7

燃え尽きて炭になった篝火の薪が、そこかしこに残っている。

何千という村人たちが、昨夜からここに集まって、気勢を上げていた。彼らの要求は、領主の交替である。竜騎士ナシェルではなく、領主代理としてこの村を治めていた近衛騎士ハイゼルこそを領主にと求めているのだ。

ハイランド国王マイセンの命令に逆らって……

村人たちのなかには、武器やそれに代わる物を用意している者までいた。

ラフィニアと騎士見習いのアドルを伴って、ナシェルがやってきたのは、日が完全に昇ってからのことである。

それより先に、近衛騎士のハイゼルも、この場に姿を見せていた。

「村人たちに告げる!」

ナシェルに代わって、騎士見習いの少年が、高らかに声を上げた。

「近衛騎士ハイゼルは、こちらへ……」

その言葉に従って、甲冑に身を包んだハイゼルがゆっくりと進みでてゆく。

いよいよだというように、村人たちの顔に歓喜の表情が浮かぶ。

「ハイゼル卿……」

ナシェルも数歩、進みでて、ハイゼルと向かい合う。

近衛騎士は、何も言わない。その表情は厳しく、強固な意志を感じさせた。

しばらくのあいだ、ナシェルは無言で近衛騎士を見つめていた。

そして、次の瞬間――

ナシェルはいきなり腰の剣を一閃させた。荒野の賢者ウォートから譲られた魔力を帯びた宝剣である。その刃は魔法の輝きを残像に残しながら、ハイゼルの首を真横から払った。

おそらく、何事が起きたのか理解できないまま、近衛騎士の首が宙に舞った。そして鮮血が噴水のように迸《ほとばし》る。

首を失った胴がゆっくりと倒れてゆく。

一瞬の静寂の後、女性のものと思しき悲鳴が上がった。

「これが、わたしの答だ！」

ナシェルは、宣言するように言った。

そして剣の先を、近衛騎士の死体に向ける。切断された首から噴き出した血が、血溜まりを作っていた。その深紅の液体が、まるで意志を持っているかのように動きだしていた。

「あれは、なんだ！」

それに気付いた村人の誰かが、叫び声を上げる。

「魔神だよ」

その声に、ナシェルは答えた。

「魂の魔神が、ようやくその正体を現わすのだ」

魔神と聞いて、村人たちは息を飲む。

今や、深紅の液体はひとつの塊となって膨れあがっていた。

そして、ひとつの形を取ってゆく。

髑髏の頭、片手の手首から先は鋭利な大鎌になっている。三日前に、そして昨夜、近衛騎士が倒した魔神の姿に他ならなかった。

「ガランザンは、人の魂のなかに隠れ潜む。そしてその間は幾度、倒されようと、復活を遂げるのだ。魔神の宿主を殺さぬかぎり、魔神を滅ぼすことはできないのだ」

ナシェルが高らかな声で説明を加える。

魔神について精通している彼だからこそ、見破ることができた。だが、実物と見《まみ》えるのはこれが初めてだった。

近衛騎士の血にまみれたまま、魔神はその姿を完全に復活させていた。

「おまえが隠れ潜む魂は、もはやなくなったぞ！」

ナシェルは叫ぶと、剣と楯を構えた。

その瞬間、魔神が右手の大鎌を振るってきた。

稲妻が走ったのかと見紛うほどの素早い一撃だった。ナシェルはかろうじてその攻撃を受け流すと、前に踏みこんで反撃を返す。それは、魔神の胸を浅く切り裂いたが、不死身のごとき魔神がそれぐらいで怯《ひる》むはずはなかった。

長く苦しい戦いになると思われた。魂の魔神は下級の魔神のなかでは、最強の存在だとされている。肉体的にも優れ、恐るべき魔術の使い手でもあるゆえに……

ナシェルの予想は、それでも甘いほどだった。

魔神が自在に振るう大鎌は、まともに受ければ一撃で命を奪われていただろうし、魔神が繰《く》りだしてくる魔法に対しても、精神力を奮い起こして耐えねばならなかった。

一対一で戦いつづけていたら、敗れていたのはおそらくナシェルのほうであったろう。しかし彼には、頼もしい味方がついていた。

この場に来る前に、ナシェルは竜笛を吹き鳴らしておいたのである。そしてその呼びかけに応えて、空色の鱗をした竜が天空から舞い降りてきたのだ。

その援護のおかげで、ナシェルは何とか勝利をものにすることができた。

そして魂の魔神は、今、彼の目の前で動かぬ肉塊になっている。

「大丈夫……」

駆け寄ってきたラフィニアの言葉や表情で、ナシェルは自分が少なからぬ手傷を負っていることに気がついた。

大鎌を避けきれなかったり、魔法による攻撃で受けた傷だった。

戦っている最中はそれほど痛まなかったが、気が落ち着いてくると疼《うず》きを感じる。

「自分の未熟さを痛感するよ。下級魔神が相手なら、なんとかなると思ったのだけれどね」

苦痛に耐えながら、ナシェルは苦笑してみせた。

魂の魔神が、下級魔神最強の存在だというのは、まったく正しかったということだ。

ナシェルは剣を収めて、村人たちを振り返った。

逃げ去った者も多いが、まだその場に残っている者もいる。

昨日、宿屋の食堂で見た代表者たちの顔は、だいたい揃っていた。村長や雑貨商、そして農園主たちである。

ワールウィンドを空に帰してから、ナシェルは笑顔を浮かべて、彼らのところへ歩いてゆく。

「御覧のとおりです。襲ってきたのは、すべて一体の魔神。おそらく、新たな魔神が襲ってくることはないでしょう」

しかし、村人たちから返事はなかった。

ナシェルが近付くと、全員が血の気の失せた顔を伏せてゆく。

(どうしたのだろう?)

ナシェルは疑問に思った。村人たちは未だ何かに怯えているような感じだった。

「魔神の脅威は、完全に去りました。今日から、安心して暮らせるのですよ」

「安心など、できるはずがありません」

村長が意を決したように顔を上げ、ナシェルに答えた。

「なぜです?」

老人の言葉の意味が分からず、ナシェルは問い返す。

「わたしたちが領主にと望んだのは、あなたではなくハイゼル様でした。しかし、ハイゼル様は魔神に憑かれていなさった……」

「理由は分かりませんが、ハイゼル卿が魔神と契約を交わしたのは、疑いようのない事実。こうするより他に、方法はなかったのです」

近衛騎士を殺すことなく、魔神を追いだす方法は、実のところ存在する。だが、魔神を受け入れたという事実を不問にはできない。そして彼は村人を煽動し、反乱も同然の行動に走らせている。裁きにかけても、死罪は免れなかっただろう。

彼の名誉を守るためにも、ナシェルはあえて命を奪ったのである。マイセン王へは、近衛騎士ハイゼルは、魔神と勇敢に戦い、戦死したとの報告をするつもりだった。

「昨日まで、わたしらは魔神に支配されていたのも同じなのですね……」

村長が沈んだ声で言った。

正確には違うが、ナシェルはそれを指摘せず、静かに首を縦に振った。

「そして今日からは魔神殺しの御領主をお迎えするわけですな……」

「あなたがたの幸福と安全のために、できるかぎりの努力をいたします。快くお迎えいただきたい……」

ナシェルは言って、村人たちに向かって、深く一礼する。

だが、村人たちからは、何の反応も返ってこなかった。怯えたような様子も消えず、むしろいっそう強くなったふうに感じられた。

それで、ナシェルは気付いた。

村人たちが怯えているのは、もはや魔神ではない。名実ともに領主となったナシェルに対し、恐怖を感じているのだということに。

「わたしは、魔神と同じということか……」

ナシェルは自嘲するように、つぶやいた。

他に方法がなかったとはいえ、彼の行動は、村人たちを安心させるどころか、新たな恐怖を植えつけてしまったということだ。

魔神に脅されたとはいえ、村人たちは彼のことを追放しようとしたのである。彼らにとっては無敵の英雄であった近衛騎士を一刀のもとに切り捨て、最強の幻獣にして魔獣である竜を召喚し、魔神を葬った。

その力が自分たちに向けられることに、これから先、彼らは怯えつづけることになる。ナシェルがいかに誠意を尽くそうと、彼らはその背後に暗い意図を感じずにはいられないのだ。

「ままならないものだな……」

そうつぶやくと、ナシェルは村人たちに背を向けた。

それが、彼らを安心させるためにできる唯一の行動であったから……

8

そして、その日のうちに、ナシェルとラフィニアは王都への帰路につく。

領地での事後処理は、騎士見習いのアドルに任せた。難しい役目ではあるが、利発な少年だから、しっかりと果たしてくれるだろう。

山の緑、草原の緑、畑の緑。

様々な緑に囲まれた街道を、ナシェルとラフィニアは今、馬を並べて進んでいる。

彼らの領地は、もはや見えない。魔神はロードスからいなくなっているのだもの。領民たちだって、きっと歓迎してくれるわ」

無理に明るい声を作って、ラフィニアが愛する若者に話しかけた。

ここまで、ナシェルはほとんど口も利《き》かず、何かの考えに耽《ふけ》っている様子だった。なんとか元気になってもらいたくて、そのためにはまず自分が元気にならなければと思ったのだ。

「そうだといいね」

ナシェルは答えて、彼女の思いやりを察して微笑を浮かべる。

それは苦笑しているようにしか見えなかったが、ラフィニアは安堵を覚えた。

「それにしても、人の心って分からないものね……」

ラフィニアはつぶやく。

近衛騎士のハイゼルは、勇敢で誠実で優しい若者だった。兄のように慕い、無理難題を言って、困らせたりもした。

「領地を預かって、たった三年。それだけのあいだに、人が変わってしまった。魔神に魂を売るなんて、獣にも劣る行為なのに……」

「これは想像でしかないのだけれど、魔神が姿を現わしたとき、あの騎士は命をかけて戦おうとしたんじゃないだろうか？　そして、魔神に勝てないことを知った」

ラフィニアの言葉に答えて、ナシェルが言った。

そして魔神は、領民を皆殺しにすると宣言したのだ。その許嫁であるラフィニアも……

それを防ぐには、魔神との取り引きに応じるしかなかった。

だから、ハイゼルは魔神を受け入れた。

「命を惜しんだのではなく、利益を求めたのでもなく、ただ大切なものを守りたかった。わたしにはそう思えるのだよ」

邪心ばかりではない、真心といったものにも、魂の魔神は巧みに取り入ってゆく。

「すべての人のなかに、魔神は潜んでいるのかもしれないと思うよ。そしてほんの小さなきっかけで、それが姿を現わす……」

父、ブルークが何故、魔神を解放しようとしたのかは、ナシェルには未だ分からない。しかし、今度のことで、それが必ずしも、野心だけではないのではという気がした。

「あの領民たちにとっては、わたしこそが魔神なんだ。これからは、わたしの影に怯えて生きてゆくことになる」

魂の魔神は死んだのではなく、領民たちの魂のなかに飛び散っていったのかもしれない。

「わたしは、あの領地に二度と足を踏み入れないつもりだよ」

ナシェルのその言葉を、ラフィニアは否定したかった。だが、聡明な彼女には分かっていた。

それがただの気休めにしかならないことに。

あの領地は、ナシェルにとって、安住の地になることはないのだ。

いや、あの領地ばかりではない。このロードスの何処に、彼にとっての安住の地があるのかと思う。

母国スカードを捨てたように、魔神を滅ぼすためならば、地の果てまでも疾駆し、天空の彼方まで飛翔してゆくに違いないのだ。

それなら、とラフィニアは秘かに思った。

わたし自身が、ナシェルの帰る最後の場所になろう、と……

そしてそのためには、彼が帰るのをただ待つだけでは駄目なのだ。彼が赴く先へと、彼女自身も向かってゆかねばならない。

ラフィニアは心秘かに誓いをたてた。


そして、それから数ヶ月の後、ラフィニアはその誓いを果たすことになる。

だが、それは、そのときには想像もしえなかった悲しい現実として、であった。

「スカード王ブルークが、魔神を解放したのは、あの人をロードスの統一王にするためだったの……」

その事実が人々に知られて、このロードスにナシェルの安住の地はなくなった。

そしてナシェルは、スカード王と対決する道を選んだ。魔神王の正体を明らかにするために。

「その旅立ちのとき、わたしはあの人と初めて結ばれた。そしてあなたを授かったのよ」

ラフィニアは微笑を浮かべて、愛《いと》おしそうに手のなかの赤子に頰ずりをする。

スカード王は、ナシェルが秘かに想像していたとおり、魔神の入れ替わりであった。しかし、妹であるリィーナ王女が魔神の王であったとまでは予想しなかった。

「魔神王の剣に貫かれて、あの人は深い傷を負ったの。でも、風竜が、ワールウィンドがあの人を連れて、天空へと飛び立っていった……」

竜族には神秘的な癒しの力があるとの伝承が、ハイランド王家には伝わっている。

「だから、あの人は、きっと帰ってくる」

それを信じて、ラフィニアはハイランドを逃れ、この地にやってきた。彼女がここにいることを知る者は、ほんの数えるほどである。

人里から遠く離れた草原。

この地に、小さな家を借りて、ラフィニアはナシェルの子を産んだ。

そして今、彼女はいつものように丘の上に立ち、遥か彼方を見つめている。

風竜が飛び去った天空の彼方を。

様々な名前で語られた、ひとりの若者の伝説の続きを見届けるために……

真っ赤な夕陽が西の山の向こうに、姿を消そうとしている。

また一日が、終わろうとしていた。

「明日、また来ようね」

赤子に向かって囁いて、ラフィニアは家へと戻ろうとした。

そのときだった。

一陣の風が吹いて、草原が柔らかに波打ってゆく。

そして、赤子を抱く娘の表情が変わる。

待ち侘《わ》びていた声が、風に乗って運ばれてきたから……

肩を震わせながら、ラフィニアは声の方を振り返る。

小さな人影が、遠くに見えた。

その影は、彼女の方に真っ直ぐに向かってきている。

彼女の世話をしてくれている薬草師の姿ではない。この土地の主たる白き騎士の姿でも……

ラフィニアの顔に驚きと喜びが広がってゆく。

空色の瞳からは涙がとどめなく溢れでる。

紅色の唇が動いて、ひとつの言葉になった。

「お帰りなさい、ナシェル」

人間の営《いとな》みが、伝説を創《つく》る。そして伝説の彼方には、また……

# あとがき

いかがでしたでしょうか？

亡国の王子にして天空の騎士、そして栄光の勇者にして伝説の英雄ことナシェルの物語は本書で完結です。

スカード王ブルーク、月の姫リィーナ、風竜ワールウィンド、そしてハイランドの姉姫ラフィニアは、ナシェルと心の繋がりを持った人々（そして竜）と言えます。本書は、『ロードス島伝説』の序章であり終章ですが、彼らがナシェルのことをどう思ったか、あるいはナシェルにどう思われたかの物語でもあります。

本編のほうもそうですが、本書もまた様々な悲劇で綴られています（『竜の心』は例外ですが）。しかし、ラストぐらいはハッピーエンドにしたいと思い、本編のエピローグの箇所を、夢ではなく現実として終章は構成しました。

様々な解釈を可能にしておいたほうが、多くの読者に満足いただけるのかもしれませんが、作者としましては、決着はひとつにしておきたかったのです。がっかりされた読者もおられるかもしれませんが、御容赦いただきたいと思います。

本書に掲載された短編のうち、『太陽の王子、月の姫』『血の絆』の二編は、ザ・スニーカー誌が初出となり、角川ミニ文庫にもまとめられています。『竜の心』は、ザ・スニーカーにだけ掲載されています。そして『魂の魔神』は、本書のための書き下ろしです。

ロードス島伝説はあと一巻『至高神の聖女』を執筆する予定でいます。魔神戦争の終結までをフラウスを主人公として描いてみたい。ナシェルは伝説の彼方へと去っていきましたが、フラウスの物語は神話となるはずです。山田章博さんのコミックともども、どうか楽しみにしていただきたいと思います。

# 初出

太陽の王子、月の姫……「ザ・スニーカー」一九九五年十二月五日発売号掲載後『ロードス島伝説　太陽の王子、月の姫』（一九九六年刊　角川ミニ文庫）収録

血の絆……………………「ザ・スニーカー」一九九六年八月号掲載後『ロードス島伝説　太陽の王子、月の姫』（一九九六年刊　角川ミニ文庫）収録

竜の心、魂の魔神……「ザ・スニーカー」一九九七年二月号掲載作『竜の心』＋書き下ろし

# 角川文庫発刊に際して

角　川　源　義

第二次世界大戦の敗北は、軍事力の敗北であった以上に、私たちの若い文化力の敗退であった。私たちの文化が戦争に対して如何に無力であり、単なるあだ花に過ぎなかったかを、私たちは身を以て体験し痛感した。西洋近代文化の摂取にとって、明治以後八十年の歳月は決して短かすぎたとは言えない。にもかかわらず、近代文化の伝統を確立し、自由な批判と柔軟な良識に富む文化層として自らを形成することに私たちは失敗して来た。そしてこれは、各層への文化の普及滲透を任務とする出版人の責任でもあった。

一九四五年以来、私たちは再び振出しに戻り、第一歩から踏み出すことを余儀なくされた。これは大きな不幸ではあるが、反面、これまでの混沌・未熟・歪曲の中にあった我が国の文化に秩序と確たる基礎を齎らすためには絶好の機会でもある。角川書店は、このような祖国の文化的危機にあたり、微力をも顧みず再建の礎石たるべき抱負と決意とをもって出発したが、ここに創立以来の念願を果すべく角川文庫を発刊する。これまで刊行されたあらゆる全集叢書文庫類の長所と短所とを検討し、古今東西の不朽の典籍を、良心的編集のもとに、廉価に、そして書架にふさわしい美本として、多くのひとびとに提供しようとする。しかし私たちは徒らに百科全書的な知識のジレッタントを作ることを目的とせず、あくまで祖国の文化に秩序と再建への道を示し、この文庫を角川書店の栄ある事業として、今後永久に継続発展せしめ、学芸と教養との殿堂として大成せんことを期したい。多くの読書子の愛情ある忠言と支持とによって、この希望と抱負とを完遂せしめられんことを願う。

一九四九年五月三日

ロードス島伝説《とうでんせつ》
永遠《えいえん》の帰還者《きかんしや》
水野《みずの》 良《りよう》

角川文庫 11330

平成十二年一月一日 初版発行
発行者——角川歴彦
発行所——株式会社角川書店
東京都千代田区富士見二—十三—三
電話 編集部(〇三)五二二九—三六一〇
営業部(〇三)三二三八—八五二一
〒一〇二—八一七七
振替〇〇一三〇—九—一九五二〇八
印刷所——暁印刷 製本所——コオトブックライン
装幀者——杉浦康平

落丁・乱丁本はご面倒でも小社営業部受注センター読者係にお送りください。送料は小社負担でお取り替えいたします。
定価はカバーに明記してあります。

S 604-14 ISBN4-04-460422-3 C0193